中国古代文史经典读本

柳 永 词 选评

谢桃坊　撰

上海古籍出版社

图书在版编目（CIP）数据

柳永词选评／谢桃坊撰. —上海：上海古籍出版
社，2019.6（2021.10重印）
（中国古代文史经典读本）
ISBN 978-7-5325-9226-5

Ⅰ.①柳… Ⅱ.①谢… Ⅲ.①宋词—诗歌评论 Ⅳ.
①I207.23

中国版本图书馆 CIP 数据核字（2019）第 086728 号

中国古代文史经典读本
柳永词选评
谢桃坊　撰
上海古籍出版社出版发行
（上海瑞金二路 272 号　邮政编码 200020）
（1）网址：www.guji.com.cn
（2）E-mail：guji1@guji.com.cn
（3）易文网网址：www.ewen.co
常熟新骅印刷有限公司印刷
开本 787×1092　1/32　印张 9　插页 3　字数 119,000
2019 年 6 月第 1 版　2021 年 10 月第 3 次印刷
印数：4,201—5,250
ISBN 978-7-5325-9226-5
I·3388　定价：28.00 元
如有质量问题，请与承印公司联系

出 版 说 明

上海古籍出版社成立六十多年来形成了出版普及读物的优良传统。二十世纪,本社及其前身中华书局上海编辑所策划、历时三十余年陆续出版的《中国古典文学作品选读》与《中国古典文学基本知识》两套丛书各八十种,在当时曾影响深远。不少品种印数达数十万甚至逾百万。不仅今天五六十岁的古典文学研究者回忆起他们的初学历程,会深情地称之为"温馨的乳汁";而且更多的其他行业的人们在涵养气度上,也得其熏陶。然而,人文科学的知识在发展更新,而一个时代又有一个时代的符号系统与表达、接受习惯,因此二十一世纪初,我社又为读者奉献了一套"新世纪文史哲经典读本",是为先前两套丛书在新世纪的继承与更新。

　　"新世纪文史哲经典读本"凝结了普及读物出版多方面的经验:名家撰作、深入浅出、知识性与可读性并重固然是其基本特点;而文化传统与现代特色的结合,更是她新的关注点。吸纳学界半个世纪以来新的研究成果,从中获得适应新时代读者欣赏习惯的浅切化与社会化的表达;反俗为雅,于易读易懂之中透现出一种高雅的情韵,是其标格所在。

　　"新世纪文史哲经典读本"在结构形式上又集前述两套丛书之长,或将作者与作品(或原著介绍与选篇解析)乳水交融地结合为一体,或按现在的知识框架与阅读习惯进行章节分类,也有的循原书结构撷取相应内容并作诠解,从而使全局与局部相映相辉,高屋建瓴与积沙成塔相互统一。

　　"新世纪文史哲经典读本"更是前述两套丛书的拓展与简约。其范围涵盖文学经典、历史经典与哲学经典,希望用最省净的篇幅,抉示中华文化的本质精神。

　　该套丛书问世以来,已在读者中享有良好的口碑。为了延伸其影响,本社于 2011 年特在其中选取十五种,请相关作者作了修订或增补,重新排版装帧,名之为"中国古代文史经典读本",以飨读者。出版之后,广受读者的好评,并于2015年被评为"首届向全国推荐中华优秀传统文化普及图书"。受此鼓舞,本社续从其中选取若干种予以改版推出,并得到国家有关部门的支持,多种获得2016年普及类古籍整理图书专项资助。希望改版后的这套书能继续为广大读者喜欢,为弘扬中华优秀传统文化作出贡献。

上海古籍出版社

2017年6月

目　　录

139 /　　羁旅之词

228 / **宦游之词**

276 /　　**后　记**

导　　言

在宋代词人中,柳永(987—1057)是最负盛名的一位。他创作的通俗歌词流传甚广,"流俗人尤喜道之",以致"凡有井水饮处,即能歌柳词"。他对宋词的发展作出了重大贡献,是开创宋词艺术特色的大词人;然而他的文化意义远远超越了宋词的范围而成为中国古代文人文化性格的一种典型。文化性格是由特定文化条件与文化模式决定的个体心理特征。它是主体的价值观念、行为模式及其与文化传统的关系构成的。当历史人物文化性格形成之后便支配着其社会行为和精神活动,使其扮演着特定的社会角色。

柳永是北宋初期经济繁荣、文化高涨、市民阶层兴起和新体音乐文学——词体走向成熟的历史背景下涌现的代表新思潮的人物。他出生于儒学传统深厚的仕宦之家,同时感受了故乡福建崇安武夷山的道家文化,形成积极进取与追求自由的精神。当青年时代来到北宋京都(今河南开封)时,他迅即为都市世俗文化娱乐所吸引,接受了市民思想,沉浸于歌舞娱乐,体验着青春生命的意义。他在科举考试失败后,以偏激的态度鄙视功名利禄,走上了通俗文学的创作道路。个体的文化性格最突出地表现在对时代文化的选择中。人们的文化选择存在三种类型:保持文化传统的,于新、旧两种文化折衷改进的,预见发展趋势的文化表现型的。柳永选择的是后者,是新兴都市通俗文学的专业作者,成为后世书会才人的先驱。他力图通过科举考试入仕,但并无政治目标,入仕后亦无政绩可述。他作为一位杰出的词人是在入仕前的盛年时期已经定位的。宋人叶梦得说:"永亦善为他文辞,而偶先以是(词)得名,始悔为己累。"(《避暑录话》卷下)柳永早年在京都即以词知名,竟为其仕途偃蹇的重要原因。他留下词集《乐章集》,存词一百九十余首。集是他亲自按宫调分类编定的,故北宋中期黄裳读到它并写下一篇评论。词之外，现在仅存诗三首和短文一篇。宋人没有为他写传记，亦无一篇墓志；《宋史》的《儒林传》和《文苑传》均无他一席之位，然而这位词人的传奇故事与文坛佳话，却在野史里有许多记载。我们从人生道路、价值取向、文化选择和社会定位来看，柳永是背离传统文化精神和社会伦理规范的新型文人；因此，他遭到守旧文人们的严酷指责，见斥于封建统治阶级。北宋后期严有翼于《艺苑雌黄》云：

> 柳三变，字景庄；一名永，字耆卿。喜作小词，然薄于操行。当时有荐其才者，上（仁宗）曰："得非填词柳三变乎？"曰："然。"上曰："且去填词。"由是不得志，日与猥子纵游娼馆酒楼间，无复检约。自称云："奉圣旨填词柳三变。"呜呼，小有才而无德以将之，亦士君子之所宜戒也。（《苕溪渔隐丛话》后集卷三十九引）

此则评论是很有代表性的。封建统治阶级和士大夫们是将柳永作为"小有才而无德"的鉴戒,视之为传统思想道德的破坏者而深恶痛绝。南宋人罗烨是书会先生之流,他于《醉翁谈录》丙集卷二里从民间的视角描述柳永的形象:

> 柳耆卿名永,建州崇安人也。居近武夷洞天,故其为人有仙风道骨,倜傥不羁,傲睨王侯,意尚豪放。花前月下,随意遣词,移宫换羽,词名由是盛传,天下不朽。

这样,柳永在民间是令人羡慕的风流才子了。罗烨还记述了这位才子的许多风流故事。自此,柳永成为宋元以来戏文、杂剧和话本小说的传奇题材。元曲家关汉卿的《钱大尹智宠谢天香杂剧》写柳永与官妓谢天香的爱情故事,剧中柳永的上场诗云:

> 本图平步上青云,直为红颜滞此身。老天生我多才思,风月场中肯让人?

　　这是以赞赏的态度肯定了柳永的人生价值取向。《清平山堂话本》所收《柳耆卿诗酒玩江楼记》云:

　　当时是宋神(仁)宗朝间，东京有一才子，天下
闻名，姓柳，双名耆卿，排行第七，人皆称为"柳七
官人"。年方二十五岁，生得丰姿洒落，人材出众。
吟诗作赋，琴棋书画，品丝调竹，无所不通。专爱在
花街柳巷，多少名妓欢喜他。

这代表了宋元以来广大民众对柳永的形象认识和人格
评价。我们若证之以柳词，是可见书会先生及民间的见
解更能反映柳永文化性格的真实性。自从唐人传奇小
说讲述才子佳人的故事，到宋代市民文学将才子佳人大
团圆结局作为一种美好幸福的信念传播以来，才子的文
化品位逐渐上升。中国古代沈约带减腰围的清瘦，潘安
的美貌，曹植诗思的敏捷，周瑜的精通音律，何晏的以粉
傅面，李白的痛饮狂歌，杜牧的青楼薄幸，白居易的泪湿
青衫，李贺的呕心苦吟，李商隐的悲伤缠绵，都各自构成
了一种才子型的文化性格。柳永出现在封建社会后期，
更符合宋元以来民间关于"风流才子"的观念，人们感
到亲近而愈益喜爱他，以至有众名姬春风吊柳七的美丽
传说。

中国古代的近体诗、词和曲，都属于古典格律诗体，它们产生和盛行在唐代、宋代和元代。在这三个时代里，它们繁荣昌盛，前所未有，后来难继，在艺术上达到难以企及的高峰，因此誉之为唐诗、宋词、元曲。这三种格律诗体却有各自不同的特点，也有它们各自产生的历史文化背景，而且在文体风格方面迥然异趣，显示出中国古典格律诗丰富多彩的艺术光辉。

词，或称曲子词，是配合隋唐以来流行的新音乐——燕乐的歌词。自隋代由于外来音乐，主要是西域音乐的影响，我国的古乐发生了一次重大的变革：以西域龟兹乐为主的音乐经过华化，与我国旧有的民间音乐相结合而产生了新的隋唐燕乐。燕，同讌，即宴。燕乐乃施用于宴飨之乐。我国古代宫廷与贵族之家宴飨所用之乐称燕乐，但隋唐燕乐却是当时流行的新的俗乐，它与古代燕乐在音阶、调式、旋律、乐器、演奏形式等方面，都有很大的区别，甚至在性质上是相异的。印度系的龟兹乐在北朝时已经传入我国。隋代郑译发现了它的价值，并在理论上使之符合汉民族传统音乐观念，于是这种新音乐流行起来，风靡一时，造成了一次音乐的变革。中国古代雅乐用五音阶，苏祗婆所传龟兹乐用七音阶。中国古代雅乐用律管或编钟定律，龟兹乐用胡琵琶定律。郑译将古乐的宫、商、角、徵、羽五音，加上变宫、变徵两个半音而为七音；又与古代十二律吕的理论附会，于是七音与十二律旋转相交构成八十四调。八十四调之说仅是一种理论的推演，由胡琵琶定律的新燕乐在唐代流行的为二十八调，而宋代通行的为十九调。从唐代到宋代，燕乐的发展经历了三个阶段：唐五代燕乐的胡乐成分较重，北宋的燕乐已进一步与我国民间音乐相结合，南宋的燕乐趋于古典化而衰微。自从新燕乐诞生以来，单调沉闷的古乐渐渐被淘汰，无论雅乐与俗乐实际上都用燕乐了，伴随着这种新音乐的长短句形式的歌词也应运而生。新音乐热烈活泼，旋律丰富，繁声促节，最为美听。它的歌词是格律化的，形式多变，句式复杂，语言通俗易懂，长于主观抒情，有强烈的艺术感染力。因此新的音乐文学深受社会各阶层群众的欢迎，成为一种文化潮流。新的音乐文学，唐代称为曲子词，它实为律词,产生于盛唐时期,见存于敦煌文献。词体自公元八世纪兴起之后,在中唐和晚唐已引起了一些文人的注意,并尝试写作了许多短小的作品。五代时期文人们已喜爱这种新体音乐文学样式,他们在花间尊前创作许多秾艳华美、简古可爱的小词。后蜀广政三年(940),赵崇祚编的我国第一部词总集《花间集》问世。它收录唐末至五代十八家五百首词,分为十卷;其中十三家为前后蜀国的词人。与此同时,南唐也出现了李璟、李煜、冯延巳等很有艺术成就的词人。五代词的发展为词体文学的进一步繁荣兴盛奠定了基础。

词体文学发展过程中,唐五代是词的初期。这时作者尚未充分掌握艺术形式的特点,艺术效果不够集中,处于尝试与探索阶段,而且体式尚未完备,仅为宋词的辉煌发展作了必要的准备。新的曲子词虽曾在晚唐五代呈现颇为兴盛之势,而在宋王朝建立(960)以来的五十年间,词的创作却转入低潮,词坛沉寂,青黄不接,既乏名篇,亦无名家。词体文学的继续发展是随着北宋太平盛世的慢慢来临而具备了外部的良好条件。然而词体内部的发展正等待着一位富于文学创造力的大词人来完成。这光荣的历史任务成就了一代词人柳永。他在下述三方面为宋词作出了贡献：

（一）新燕乐在隋代开始流行，但很长一段时间内是有曲无词的，直到盛唐时真正的新体音乐文学——长短句的律词才产生。由于中国记录音谱的方法存在一些问题，亦由于社会审美趣味的不断变化，唐五代词人所用的词调——乐曲，仅是唐代教坊习用的。当燕乐发展到北宋时，它已进一步华化，而艺人们创作出许多新的乐曲了。柳永的时代正是北宋新声盛行之际。《宋史》卷一四二《乐志》记载：真宗时"民间新声甚众，而教坊不用也"。柳永敏感地采用了民间流行的新乐曲为之谱词。在词学上凡某一词调（乐曲）最初倚其声而制之词被称之为创调之作。这在《乐章集》里是很多的，如《看花回》、《两同心》、《金蕉叶》、《西平乐》、《秋蕊香引》、《玉蝴蝶》、《竹马子》、《透碧霄》、《一寸金》、《黄莺儿》、《柳腰轻》、《隔帘听》、《慢卷䌷》、《满江红》、《西施》等，是倚新声而制的创调之作；而《八声甘州》、

《安公子》、《婆罗门》、《凉州》、《六幺》、《雨霖铃》、《倾杯》等，又是唐代教坊曲经过改制并扩大篇幅的创调之作。《乐章集》使用的词调计二百二十七个，这是唐五代迄两宋词人都无法相比的，因为作者是精通音律的词人，其作品展示了丰富的音乐性。唐代的"近体诗"——格律诗是不配合音乐的，可以歌唱的声诗是艺人选取名家绝句或律诗以配燕乐曲的，而曲子词则是"倚声制词"，即以词从乐的。词人依据乐曲的音谱而填词，这必须要求歌词与音乐节奏旋律的和谐而考虑词的用韵、句式、字数、分段、字声平仄、起调、结尾等因素。柳永因服从每支乐曲的特殊要求，所以出现宫调不同而同一词调的字数参差的现象，宫调与词调完全相同的作品亦有句式与字数的差异。然而我们在《乐章集》中也可见到某些长调慢词之若干首竟在格律方面极为严整，令人为其惨淡经营与匠心独运而惊叹。由于柳永采用北宋新声，故其词与敦煌曲子词和《尊前集》、《花间集》等作品在格调方面存在很大差异，足以表明作者的创新精神与文学才华。柳词是当时流行音乐的通俗歌词，声韵谐美,受到广大民众的欢迎。北宋中期苏轼改革词体以后,词与音乐的关系渐渐淡化,后世能倚声填词者甚为稀少。如果柳永创作歌词沿袭唐五代文人的故辙,而不采用北宋新声,亦不在倚声填词方面有所突破与创新,则很难想象宋词会有自己的特色和社会影响的。

（二）中国早期的律词——敦煌曲子词的历史线索在北宋已经断裂,它直到公元二十世纪初年才在西北敦煌莫高窟偶然被发现。北宋初年的词人如寇准、钱惟演、林逋、晏殊、宋祁、张先等的词作走的都是传统之路,在题材方面没有新的开拓。五代后蜀词人欧阳炯《花间集序》云：

> 则有绮筵公子、绣幌佳人,递叶叶之花笺,文抽丽锦;举纤纤之玉指,拍按香檀。不无清绝之词,用助娇娆之态。自南朝之宫体,扇北里之倡风。何止言之不文,所谓秀而不实。……迩来作者,无愧前人。

花间词人是为上层社会花间尊前的娱乐而创作的,赞美女性之美,表现男欢女爱,抒写春愁闺怨,词语华丽典雅,风格纤柔秾艳:这就是传统的词风。柳永开始将接受对象转向新兴的市民阶层,使用市井俚俗语言或纯净白话文学语言,扩大了词的题材。他是盛世的歌手,描述京华的壮丽,国运的昌隆,都市的繁华,人们的欢乐,创作大量的形容盛明之词;他以女性第一人称方式创作的代言体词,表达了市民的情绪,体现了新的伦理观念;他的羁旅行役之词反映了广阔的社会生活,描述地域风情,备述旅途的艰辛,适应了社会经济发展的历史背景;他对传统的离情题材予以发展,增添了真实的内容,加强了表现力度,有所创新。这样,使宋词的内容出现新的特色,丰富了词体的社会功能,为词体的发展拓宽了道路。

(三)唐五代文人的词基本上是小令。明末清初的词学家将词体按字数分为三类:大致六十字以下者为小令,六十字至九十字者为中调,九十字以上者为长调。这种分类法显然很机械,故受到指摘,但迄今仍作为词调分类的主要依据。《尊前集》今存唐代诗人杜牧《八

六子》词一首，双调，九十字；又存五代后唐庄宗李存勖
《歌头》一首，双调，一百三十六字；《花间集》存五代词
人薛昭蕴《离别难》一首，双调，八十七字。以上三词，
且不论前二首的真实性如何，它们都属于长调——慢
词，可算是唐五代词中极为罕见的。它们的作者仅是尝
试，表现出尚未征服慢词艺术形式的特征。长调慢词艺
术形式的开发与法度建立的任务留给了宋代。从词体
发展而言，宋词主要是长调的发展过程。《乐章集》里
的长调作品，计有七十余调，词约百余首，调与词都占柳
词的半数以上。柳词这种优势在词史上是空前的。它
的出现标志着宋词发展的一个飞跃：长调以一种生命
力旺盛的新的艺术形式见于词史了。由于柳永的创作
才表现出长调的优点，才引起社会和词坛的重视。因此
从文学发展的意义来看，长调是起于北宋的，而柳永是
开创者。长调的体制比小令宏大，每一词调独具音乐与
表现特点，因而创作时较为困难。南宋词学家张炎《词
源》卷下云："作慢词看是甚题目，选择曲名，然后命意；
命意既了，思头如何起，尾如何结。方始选韵，而后述

曲。最是过片,不要断了曲意,须要承上接下。……词既成,试思前后之意不相应,或有重叠句意,又恐字面粗疏,即为修改。"这里讲的是长调一般的写作程序,尚未论及掌握它的艺术奥秘。柳永在征服长调的过程中表现了非凡的艺术创造力。关于句法,柳永充分发挥了长短句的优势,无论他使用市井俗语或是白话文学语言,不仅突破句的限制,往往还突破韵的限制,而构成一个符合我们现代语法规范的、结构完整的长句,人称关系或指代关系极为分明,能言诗之所不能言,可以婉曲地自由地如真实生活语境一样表达思想情绪,使词体的特点真正体现出来。关于虚字,柳永善于用之作领字,在全词中起到粘合作用。它使意群之间和句子之间形成一种联系,或者表示词意的过渡与转折。这样可使全词的各个部分克服散乱和堆砌的弊病,而组成一个关系紧密的有机体,空灵而有秩序,亦使词意脉络清晰。关于铺叙,即无论写景、抒情和叙事,将某一意群具体地表现,逐层展开,使形象饱满鲜明。它不用比兴、夸张、象征、雕饰等手段,只用平叙,尽力铺展,如似画家细致的白描、写实的手法。这是小令与慢词在艺术表现上的重要区别。因有了铺叙方法，长调艺术才便于掌握，而其优长才得到发挥。关于结构，柳词素以谨严而受到称誉。其章法结构表现出一种合理性，即词的叙事、抒情都符合一定的客观逻辑，由此显示严密的组织和法度。柳词在处理情景的关系时，一般是即景生情，情与景谐，常常达到情景交融；在处理时间与空间关系时，从现实而追溯往昔，或从忆旧而转入当前，善于作今昔对比以深化情绪，增强感染作用；时间的变化是立脚于特定的空间内展开的，因而所描述的生活往往被浓缩为一个片断，似凝聚于一个焦点。作者又习惯采用线型的表述方式，于是使人们感到有头有尾，完满自足，词意清楚。这是广大民众喜闻乐见的韵文表述方式。清代词学家宋翔凤《乐府余论》云：

> 词自南唐以后，但有小令。其慢词盖起仁宗朝。中原息兵，汴京繁庶，歌台舞席，竞赌新声。耆卿失意无俚，流连坊曲，遂尽收俚俗语言，编入词中，以便使人传习。一时动听，散播四方。其后东

坡、少游、山谷辈,相继有作,慢词遂盛。

这大致较确切地表述了慢词在宋代的发展及柳永的功绩。

从上述可见,柳永适应了词体文学发展的新形势,出色地完成了词史所赋予的光荣任务。宋词的艺术特色是柳永开创的,宋词范式的建立过程中他起了重要作用,他在宋词史上居于开创的重要地位。

北宋中期实行新法,试图改变国家积贫积弱的局面,社会矛盾突出,统治阶级内部斗争剧烈。这时人们非常缅怀已成历史的太平盛世,因而读到《乐章集》无不感慨万千。范镇晚年听到亲友唱柳词,深深叹息说:"当仁庙四十二年太平,吾身为史官二十年不能赞述,而耆卿能尽形容之。"(《古今合璧事类备要》后集卷四十二)李之仪也说:柳词"形容盛明,千载如逢当日"(《跋吴师道小词》,《姑溪居士文集》卷四十)。他们都客观地从社会意义评价柳词,它的时代特色是很显著的。这应是柳永写实方法取得的成功,所以宋人将它与杜诗相提并论。北宋时黄裳曾说:"予观柳氏乐章……

如观杜甫诗,典雅文华,无所不有。"(《书乐章集后》,《演山集》卷三十五)南宋时项安世说:"余侍先君往荆南,所训:学诗当学杜诗,学词当学柳词。叩其所以,云:杜诗柳词皆无表德,只是实说。"(《贵耳集》卷上引)柳词因无杜诗题材的广阔与思想的深刻,但可表现一个时代都市的繁华,留下盛世的迹象,而且是以写实方法表述的,仅此意义与杜诗相似,具有史的价值。这是从柳词的内容而论的,若从艺术表现而言,宋人对柳词的评价则有毁有誉。

女词人李清照《词论》云:"逮至本朝,礼乐文武大备。又涵养百余年,始有柳屯田永者,变旧声作新声,出《乐章集》,大得声称于世。虽协音律,而词语尘下。"(《苕溪渔隐丛话》后集卷三十三)这肯定其音律和谐而指摘其词语俚俗。徐度追溯宋词的发展说:"耆卿以歌词显名于仁宗朝,官至屯田员外郎,故世号柳屯田。其词虽极工致,然多杂以鄙语,故流俗人尤喜道之。其后欧、苏诸公继出,文格一变,至为歌词,体制高雅。柳氏之作殆不复称于文士之口,然流俗好之自若也。"(《却扫篇》卷五)柳词的命运确实如此。北宋末年,它在歌楼舞榭仍受到民间的欢迎,如"唐州倡马望儿者,以能歌柳耆卿词著名籍中"(《夷坚乙志》卷十九)。马望儿是民间歌妓,因唱柳词而甚有声誉。南宋初年词学家王灼说:"柳耆卿《乐章集》,世多爱赏该洽,序事闲暇,有首有尾,亦间出佳语,又能择声律谐美者用之,惟是浅近卑俗,自成一体,不知书者尤好之。予尝比都下富儿,虽脱村野,而声态可憎。"(《碧鸡漫志》卷二)王灼见到了柳词的艺术特点,但对它是基本上否定的。南宋以来,词坛的复雅倾向成为主流,词学家们从雅词的观念来批评柳词,訾议居多,他们已不能认识柳词的真正价值了。

柳词虽然受到宋代文人的指摘,但他们却又偷偷地继承它的风格、创作经验和表现技巧。王灼以为北宋时"沈公述(唐)、李景元(甲)、孔方平(夷)、(孔)处度叔侄、晁次膺(端礼)、万俟雅言(咏)皆有佳句,就中雅言尤绝出。然六人者源从柳氏来"(《碧鸡漫志》卷二)。这实际上形成了一个学柳词的词人群体。在两宋著名词人如秦观、黄庭坚、贺铸、周邦彦、李清照、吴文英等的

作品中,我们都可寻觅到柳词的影响。所以清代学者刘
熙载论及南宋慢词的发展说:"南宋词近耆卿者多。"
(《艺概》卷四)近世词学家况周颐甚至认为:"柳屯田
《乐章集》为词家正体之一。"(《蕙风词话》卷三)

　　20世纪初中国新文化运动以来,学术界以新文化
的观点评价柳词,因而它是宋词研究的一个热点。词学
界对两宋词人的各项指数作量化统计分析,在三十位著
名词人中柳永居第五位。2001年四月在柳永的故乡福
建武夷山风景名胜区召开了中国首届柳永学术研讨会。
凡此都表明:柳词是我国优秀文学遗产,它在现代尚有
意义。柳永是我国人民喜爱的古代通俗歌词的作者和
风流才子。

故乡之词

　　柳永,字耆卿;原名三变,字景庄;排行第七,故称柳七。福建崇安县人。约生于北宋雍熙四年(987)。他的青少年时代是在家乡度过的。

　　福建位于中国东南沿海,远离中原王朝,直到唐五代时期,那里的文化与经济才渐渐发展起来;到了宋代,随着中国经济重心的南移而兴盛。北宋统一全国时,福建未受战争的影响,社会比较安定,在国内的政治、经济和文化的地位大大提高,再也不被认为是瘴疠之地与蛮夷之邦了。司马光《送人为闽宰》诗云:"万里东瓯外,溪山秀出群。乡人皆嗜学,太守复工文。"因文教的涵养,福建人才蔚起,自北宋太平兴国五年(980)至南宋

淳熙八年(1181)这 202 年间,科举考试被录取者 1339
人。闽籍诗人八百余家,词人百余家。北宋初年,仅建
州(福建建瓯)即出现了章得象、章棨、章授、叶焕、杨
亿、杨仪之、祖秀实、叶齐、徐奭、吴育、吴充等政治家和
文学家。这在全国中都显示出它较为重要的文化地位。
在此新兴的文化环境之中,孕育出了宋代第一位著名的
词人——柳永。

唐代中期以后,柳永的祖先因宦游自河东(今属山
西)徙居建州(福建建瓯)。五代战乱时,祖父柳崇遂隐
居于福建崇安县五夫里金鹅峰下。金鹅峰风景美丽,
"绝顶有仙坛及仙井、棋盘、插剑迹,又有石室,深广中
有仙蜕。其地绝险,人迹罕到"(《嘉靖建宁府志》卷
三)。柳崇字子高,生于后梁贞明四年(918),十岁而
孤,由母亲丁氏抚育成人,受到良好教育,以儒学知名。
王延政割据福建称王,曾召请柳崇为沙县丞。他以母老
无人奉养而谢绝,并从此发誓,终身布衣,隐居不仕。北
宋太平兴国五年(980),柳崇病逝前夕说:"吾读圣人
书,朝闻道,夕死可矣。勿得以浮屠(佛教)法,灭吾之

身。"他是一位纯粹的儒者。柳崇的前妻丁氏生柳宜和柳宣,继室虞氏生柳真、柳宏、柳寀、柳察,共六子,他们都在宋初任职。

柳宜,字无疑,南唐时以布衣上疏言时政得失,累迁监察御史。北宋开宝八年(975),宋军平吴后,入宋为沂州费县令,迁国子博士。雍熙二年(985)登进士第,通判全州,官至工部侍郎。

柳宣,仕南唐为大理评事,入宋后为济州团练推官、大理司直、天平军节度判官。

柳真,宋大中祥符八年(1015)进士。

柳宏,宋咸平元年(998)进士,历知江州德化县,累迁都官员外郎,终光禄寺卿。

柳寀,官礼部侍郎。

柳察,年十七举贤良,仕至水部员外郎。

柳永,原名三变,是柳宜的小儿子。其长兄柳三复于北宋天禧三年(1019)登进士第;次兄柳三接与柳永均于宋仁宗景祐元年(1034)登进士第。柳氏三兄弟"皆工文艺,号柳氏三绝"(《嘉靖建宁府志》卷十五)。

北宋雍熙二年(985)柳宜考中进士后出任州县职官。柳永出生时,其父正宦游州县,详细地点无考,但绝非出生于京都。这时柳宜四十八岁。淳化元年(990),柳宜从任城到京都,携文三十卷,上书朝廷,请以文笔自试。宋太宗召试,"以为识理体而合经义",遂得通判全州(今属广西)。柳宜出任全州通判后,行迹无考。因其是南唐旧臣,虽获进士出身,然而始终不为宋王朝所信任,以致仕途很不得意,很可能通判全州后两三任便回故乡颐养天年了。这样,柳永遂在少年时代随父回到崇安五夫里故居。

从柳永的家世来看,这是一个重视儒学传统的仕宦之家。柳崇因六子皆入仕,倡导儒家礼法,甚为乡里推重。"公以行义著于乡里,以兢严治于阃门。乡人小有忿争,不诣官府,决其曲直,取公一言。诸子诸妇,勤修礼法,虽从宦千里,若在公旁。其修身训子有如此者"(王禹偁《建溪处士赠大理评事柳府君墓碣铭并序》,《小畜集》卷三十)。在这样的家庭里,子弟必须接受传统儒家教育,必须学习举业以准备通过科举考试而进入

仕途。柳永在家乡正是接受了这种教育。今《嘉靖建宁府志》卷三十三保存了柳永青少年时代的一篇《劝学文》:

> 父母养其子而不教,是不爱其子也。虽教而不严,是亦不爱其子也。父母教而不学,是子不爱其身也。虽学而不勤,是亦不爱其身也。是故养子必教,教则必严,严则必勤,勤则必成。学,则庶人之子为公卿;不学,则公卿之子为庶人。

这显然是在其父亲训诫下有所感悟而做的课业。他认识到父母的严教是合理的,自己必须严格要求,勤奋学习,以期有所成就。宋代士子的出路远比唐代广阔,社会待遇亦远比唐代丰厚,因此他们都努力走上科举入仕的唯一的进取之路。他们的学习是以策论、诗赋、经义等科举考试内容为主的举子业。科举考试的成功,庶民的子弟可以为朝廷官员,否则权贵之子亦会沦为庶民的地位。这真正贯彻了儒家圣人"学而优则仕"的主张,体现了士子在科举考试面前人人平等的精神。

《劝学文》很能反映柳永在青少年时期的人生价值取向。为此,他在家乡曾勤勉于举业,每晚秉烛攻读,直到深夜。五夫里的民众将柳永读书的地方称为蜡烛山和笔架山,至今犹有民间传说。

崇安位于闽西北,县境之东南邻近的松溪县有著名的中峰山,山上有中峰寺。《嘉靖建宁府志》卷三:"中峰山,一峰奇秀,特出众山之表。……唐景福中(892)有高僧行儒建庵其上,傍有伏虎坛。"崇安和松溪都属建州。《建宁府志》卷十九存有柳永《题建宁中峰寺》诗:

> 攀萝蹑石落崔嵬,千万峰中梵室开。僧向半空为世界,眼看平地起风雷。猿偷晓果升松去,竹逗清流入鉴来。旬月经游殊不厌,欲归回首更迟回。

柳永是常常旬月到中峰寺游玩的,而且留连不忍归家。此诗为七律,声韵完全合律,对偶工稳,但意境甚为平常,当是学习声律时的练习之作,表现作者已掌握了古典格律诗的艺术形式。这有力地证实了柳永曾在故乡的邻县留下行迹。他自离乡到京都之后,再也未回到故乡,此诗当是他青少年时期在故乡所作。

关于柳永学习歌词的经过,相传他少年时代读书时,曾得到一首流行的歌词《眉峰碧》:

> 蹙破眉峰碧,纤手还重执。镇日相看未足时,便忍使鸳鸯只。薄暮投孤驿,风雨愁通夕。窗外芭蕉窗里人,分明叶上心头滴。

这首小词抓住一点羁旅离情,表达到充分完满。它以自我抒情方式倾诉真挚强烈的内心情感,按照情感发展的顺序一气写下,善于层层发掘,直至人物内心世界的深处。作者能切实把握富于特征的细节,整个表现手法朴素而简洁。柳永很喜爱此词,将它题写在墙壁上,反复琢磨,"后悟作词章法"。他在成为著名词人后,一位歌妓还谈到此事,但他解释说:"某于此亦颇变化多方也。"(沈雄《古今词话·词辨》卷上)柳永是受到民间流行的通俗歌词的启发,对歌词发生了兴趣,并悟到了词的章法结构,促使其成长为一位词人。北宋后期此词尚在社会上广泛流传。宋徽宗皇帝得到它的谱,亲书其后云:"此词甚佳,不知何人作,奏来!"(王明清《玉照新志》卷二)词臣曹组寻访而无结果,因为它的作者姓名早已失传,柳永见到时它已是无名氏的作品了。

中国道教名胜武夷山在崇安县境。《嘉靖建宁府志》卷三记载:

> 武夷山在县治南三十里,其峰峦大者三十有六,此外以名著者复数十余。本志云:山周回一百二十里,岩岫联居,形状不一,有镇润如玉削者,有森锐如笋立者,有端严拱揖如神人异僧者,有峭秀娟丽如美姝静女者,又有如楼台之突兀,如城垒之周遭,如钟鼓之陈设,如廛廒之峻峙;其骧如龙,其踞如虎,其蹲如猊,其骤如马。神剜鬼刻,奇奇怪怪。每天气积阴,不复见顶;朝阳初照,则异峰幽岩层见叠出,骇目惊心。飞瀑落崖,一泻万仞;溪流九曲,缭绕其间。屡登桴游,仰瞻屏颜,俯弄清泚,应接不暇,真一方之胜概也。其山大抵,丰上敛下,而色皆红润。世言建(州)为丹山碧水,盖指此也。道家谓十六洞天,相传有神奇降此,自称武夷君。

南宋时著名理学大师朱熹亦居崇安五夫里，筑武夷精舍于五曲大隐屏之南，在此讲学。其《武夷精舍杂咏序》中描述武夷山九曲溪云：

> 武夷之溪东流，凡九曲，而第五曲为最深。盖其山自北而南者，至此而尽。耸全石为一峰，拔地千尺。上小平处，微载土生林木，极苍翠可玩。而四隤稍下，则反削而入，如方屋帽者，旧经所谓大隐屏也。屏下两麓，坡坨旁引，还复相抱。抱中地平广数亩，抱外溪水随山势从西北来，四曲折始过其南，乃复绕山东北流，亦四曲折而出。溪流两旁，丹崖翠壁，林立环拥，神剜鬼刻，不可名状。(《朱文公集》卷九)

这风景奇丽的道家胜地亦留下了柳永的行迹。今《乐章集》存《巫山一段云》联章五首词，以游仙为题，它即是柳永青年时代在故乡游览武夷山时，想象神仙武夷君于仙境游乐的情形。这应是《乐章集》保存的柳永的最早的作品，而且表明作者已经较熟练地掌握了新体音乐文学——词的艺术技巧。

《巫山一段云》组词的第二首是咏武夷山冲佑观的。北宋大中祥符二年(1009)真宗皇帝诏令扩建冲佑观,柳永作词歌颂道观新建成的辉煌宏丽。组词作于此年,时柳永二十二岁。他此时已在家乡成婚。《乐章集》内的《斗百花》(满搵宫腰纤细)是记述他在新婚的感受,已表现出长于铺叙的艺术特色。

北宋初年特别重视科举考试,革除了唐代考试制度的多种弊端,使之更为完善和严密,成为封建中央集权制的一个重要组成部分。宋代实行解试、省试和殿试三级考试制。解试又称乡贡,由地方官府考试举人,然后将合格举人贡送朝廷。解试包括州试(乡试)、转运司试(漕试)、国子监试(太学试)等几种方式;每逢科场年在八月十五日开考,连考三日,逐场淘汰。举人解试合格,由州或转运司、国子监等按照解额——国家规定各州举人指数,解送京都礼部参加省试。柳永是在建州参加乡试的,可能考试并不顺利,约于大中祥符九年(1016),柳永二十九岁,通过了乡试,离开崇安故家,前往京都应试。他作有《鹊桥仙》词,叙述携带书剑,驱马踏上征途,与妻子离别的场面,深感有负于年轻贤淑的妻子。《鹊桥仙》词调在北宋流行的为五十六字体的小令,柳词却是八十八字体,故清代词学家以为:"此词句韵与《鹊桥仙令》不同,盖慢词体也。"(《词谱》卷十二)如果我们将此柳词视为慢词,那么柳永离乡时已征服了慢词长调的艺术形式。故当他到了京都,在北宋文化中心的良好环境里,即迅速成长为一位杰出的词人。

巫山一段云

六六真游洞①,三三物外天②。九班麟稳破非烟③,何处按云轩④? 昨夜麻姑陪宴⑤,又话蓬莱清浅。几回山脚弄云涛,仿佛见金鳌⑥。

① 六六句:指三十六洞天。真:仙人。

② 三三:即九重天。物外即世外。

③ 九班麟稳:九仙。道教九仙有:上仙、高仙、大仙、玄仙、天

仙、真仙、神仙、灵仙、至仙。仙人多乘麒麟。非烟:祥云。《史记·天官书》:"若烟非烟,若云非云,郁郁纷纷,萧索轮困,是谓卿云。卿云,喜气也。"

④ 云轩:云车。

⑤ 麻姑:仙女,建昌人。修道牟州东南姑余山,自言已三次见东海变为桑田。陪宴:相传三月三日西王母寿辰,麻姑在绛珠河畔酿制灵芝酒为王母祝寿。

⑥ 金鳌:传说中的大海里金色大鳌。

柳永青年时代在故乡崇安县境武夷山作。《巫山一段云》联章五首皆作于北宋真宗大中祥符二年(1009),时柳永二十二岁。宋人祝穆《方舆胜览》卷十一引《武夷志》云:"(武夷山)周回百二十里,凡峰峦岩石三十有六。此外以名著者复不下十余所。"董天工《武夷山志》卷首:"六六、三三,其名已久,诸志无有指实其数者,今搜订参酌,载于形势之内。"据此,词首句"六六"即指武夷山三十六峰,次句"三三"即指山内之九曲溪之九曲,以为它们皆似尘外之仙境。此词描述武夷山的总体景观。山中瑞云飘浮,烟雾缭绕,有似神仙乘云车往来;山脚云涛奔涌,似可见海上鳌山。词人将武夷作为仙山,从虚处着笔,展开丰富而神奇的幻想,为游仙创造了特定的氛围。

巫 山 一 段 云

琪树罗三殿①,金龙抱九关②。上清真籍总群仙③,朝拜五云间。　　昨夜紫微诏下④,急唤天书使者⑤。令赍瑶检降彤霞⑥,重到汉皇家⑦。

① 琪树:玉树。罗:排列。三殿:泛指神仙所居之殿。

② 金龙:道家谓天门是由金龙守护的。九关:天门九重。

③ 上清:道家三清仙境之一。真籍:仙人名册。宋人祝穆《方舆胜览》卷十一引武夷山古记云:"昔有张湛、孙绰、赵元奇、彭令昭、刘景、顾思远、白石先生、马鸣生,并胡氏、李氏、二鱼氏三姓女子四人,凡十二人同诣此山求道,偕谒魏王。值魏王祭仙祈雨,湛等献诗,仙人甚喜,乃遣何凤儿往

天台山取仙籍回归探视,具载魏王子骞与张湛一行先于上
筵饮酒过度,触犯黄元真人,谪居此山,八百年后方得换骨
归天。时仙人既见此籍,各有姓名,因语魏王等至八百年
后,可斫取黄心木为函,于小藏岩中冲化。迄今存焉。"

④ 紫微:紫宫,天帝所居之处。

⑤ 天书:道家称元始天尊所著的书,或托言从天而降的书。

⑥ 赍(jī):送与。瑶检:玉制的书函盖。此指天书。彤霞:祥
瑞的云霞。

⑦ 汉皇家:借指宋王朝。

武夷山的冲佑观建于南唐保大二年(944),将升真
元化洞天武夷观改为会仙观,宋真宗咸平二年(999)名
冲佑观。《宋史》卷七《真宗纪》:"大中祥符元年
(1008)春正月乙丑,有黄帛曳在左承天门南鸱尾上,守
门卒涂荣告,有司以闻。上召群臣拜迎于朝元殿启封,
号称天书。丁卯,紫云见,如龙凤覆宫殿。"次年,真宗
诏令扩大冲佑观地基,增修屋宇三百余间。柳永此词即
赞美冲佑观扩建后的盛况,想象群仙于此拜朝天帝。天

帝因感而向宋王朝赉赐天书。真宗皇帝迷信道教和祥瑞,借它们营造升平气象。这种情况竟然影响到边远的武夷山区。柳永以游仙方式间接地歌颂国家的祥瑞。

巫 山 一 段 云

清旦朝金母①,斜阳醉玉龟②。天风摇曳六铢衣③,鹤背觉孤危④。　　贪看海蟾狂戏⑤,不道九关齐闭。相将何处寄良宵⑥,还去访三茅⑦。

① 金母:神话传说中的西王母。梁陶弘景《真诰》卷五:"所谓金母者,西王母也。"

② 玉龟:西王母居处。

③ 六铢衣:极轻薄的衣服。

④ 鹤背:谓神仙驾鹤。

⑤ 海蟾狂戏:即俗谓刘海蟾撒金钱之戏。

⑥ 相将:相随。

⑦ 三茅：茅山，又名句曲山。汉代茅氏三弟兄于此修炼成仙。山在今江苏西南。

关于武夷山有许多道家传说。宋人祝穆《方舆胜览》卷十一记述：

> 古记云：昔有神降于山，自称武夷君，后人因名曰武夷。又云：混沌初开，有神星曰圣姥，母子二人来居此山。秦时号为圣姥。众仙立为皇太姥圣母。又天台山玄虚老君华真仙师遣第七子属仁乘云驾鹤游历此山，铨叙地仙，今称控鹤仙人是也。

柳永依据这些神奇的传说，想象武夷君——控鹤仙人游历道家仙境，因误时机而不能回到天帝之所，遂准备去访三茅仙人以度良宵。此组词至此，想象更加自由，情节愈益奇妙了。

巫山一段云

阆苑年华永①，嬉游别是情。人间三度见

河清^②，一番碧桃成^③。　　金母忍将轻摘，留宴鳌峰真客^④。红龙闲卧吠斜阳^⑤，方朔敢偷尝^⑥。

① 阆苑：传说为神仙所居之处。

② 河清：黄河水清。传说黄河一千年一清，三度河清即三千年。

③ 碧桃：千叶桃花。此指蟠桃，乃传说中的仙桃。仙桃生长于东海度索山，蟠屈三千里，三千年结一次果，归西王母所有。

④ 鳌峰：旧以鳌山为神仙所居，在海上。真客：仙客。

⑤ 尨(máng)：多毛犬。

⑥ 方朔：东方朔(前154—前93)，字曼倩。西汉时平原厌次人。汉武帝时待诏金马门，官至太中大夫。以奇计及俳辞得为武帝弄臣。曾偷吃武帝长生不死之药。他对武帝说若杀了他，便证实此药是假的。

此叙述武夷君参加西王母的蟠桃盛会，海外众仙咸聚。武夷君大胆地偷尝了仙桃。因他久居仙界,甚觉无聊,故意嬉游取闹。这使组词的游仙内容更为具体化了。

巫 山 一 段 云

萧氏贤夫妇[①],茅家好弟兄[②]。羽轮飙驾赴层城[③],高会尽仙卿。　　一曲云谣为寿[④],倒尽金壶碧酒。醺酣争撼白榆花[⑤],踏碎九光霞。

① 萧氏句:古代萧史善吹箫,秦穆公以女儿弄玉为其妻,并为萧氏夫妇造凤凰台。一夕,吹箫引来凤凰,萧史和弄玉乘之飞升成仙。

② 茅家句:汉代茅盈、茅固、茅衷,于句曲山修炼成仙。

③ 羽轮:飞车。飙驾:御风而行。层城:神话传说中的宫殿,在昆仑山上,分三级,上层为层城。

④ 云谣:仙人所唱的歌曲。

⑤ 白榆：传说天庭种有白榆树。乐府诗《陇西行》："天上何
　　所有？历历种白榆。"

　　西王母瑶池之会，《穆天子传》卷三云："吉日甲子，
天子(周穆王)宾于西王母，乃执白圭玄璧以见西王母。
天子献锦组百纯，组三百纯。西王母再拜，受之。乙丑，
天子觞西王母于瑶池之上。西王母为天子谣曰：'白云
在天，山陵自出。道里悠远，山川间之。将子无死，尚能
复来。'天子答之。"此次宴会上吹笙鼓簧，载歌载舞，甚
为热闹。柳永想象武夷君参加了王母瑶池之宴，萧氏夫
妇、茅家弟兄和众仙皆与此盛大聚会。仙女歌《云谣》
之曲为王母祝寿，仙客们酒醉后乘兴胡闹，摇动白榆，踏
碎云霞，狂欢起来。词人着重写瑶池宴会，将游仙的浪
漫情绪发挥到极致。

　　此组游仙词是中国古代游仙诗的发展，为宋词开辟
了新的题材，展示了作者丰富的想象。柳永游武夷山冲
佑观，遂拟传说中的仙人武夷君而发挥游仙的畅想，因
而使组诗线索清楚，内容丰富，其融化各种道教传说而

表现出脱离世俗的意象,在一个神奇、美丽和自由的仙境里让个性获得前所未有的真正解放。清代李调元说:"诗有游仙,词亦有游仙。人皆谓柳三变《乐章集》工于闺帐淫媟之语、羁旅悲怨之辞,然集中《巫山一段云》词,工于游仙,又飘飘有凌云之意,人所未知。"(《雨村词话》卷一)此组词在《乐章集》中确是较特殊的,它与柳永其他作品风格颇异,表现了作者早年的文学才华和向往自由的思想倾向,因而在柳永创作道路上是十分宝贵的。

斗 百 花

　　满搦宫腰纤细①。年纪方当笄岁②。刚被风流沾惹,与合垂杨双髻③。初学严妆④,如描似削身材,怯雨羞云情意⑤。举措多娇媚⑥。

　　争奈心性,未会先怜佳婿⑦。长是夜深,不肯便入鸳被⑧。与解罗裳,盈盈背立银釭⑨,却道你但先睡。

① 搦(nuò)：握，持，把。宫腰：细腰。古代楚国宫中女子努力使腰细以期获取楚王宠幸。

② 笄(jī)岁：《礼记·内则》："(女子)十有五年而笄。"表示已经成年。笄，簪子。

③ 双髻：古代女子未成年时的发型，似双螺。将双髻合梳为云髻则表示成年出嫁。

④ 严妆：盛妆。《古诗为焦仲卿妻作》："鸡鸣外欲曙，新妇起严妆。"

⑤ 怯雨羞云：羞怯两性欢爱。

⑥ 举措：举止。

⑦ 争奈：怎奈。佳婿：此指丈夫。古代妻子有称丈夫为婿的，如唐代杜甫《佳人》："夫婿轻薄儿，新人美如玉。"

⑧ 鸳被：绣有鸳鸯图案的被子。

⑨ 银釭(gāng)：银制灯具。

柳永曾在其名篇《八声甘州》里抒写怀念故乡之情："不忍登高临远，望故乡渺邈，归思难收。"这是他壮岁漫游江南所作，词的结尾设想故乡的"佳人妆楼颙望"，此"佳人"应是妻子。他入仕以后又曾在《定风波》词的结尾云:"算孟光、争得知我,继日添憔悴。"孟光为东汉梁鸿之妻,夫妻相敬如宾,安于贫穷。后世以孟光为贤妻的典型。柳永即以孟光比拟故乡的贤妻。他青年时代在故乡已经结婚,离乡后深感负疚,思念不已。此《斗百花》词所描写的女子正当笄年,梳绾云髻,初着盛妆,羞云怯雨,未谙夫婿心理,窈窕娇媚;她绝非妖艳轻浮的歌妓,而是一位淑女在新婚之夜的娇柔情态,而且词中明称"佳婿",故可断定词是柳永咏新婚闺情之作。词人以白描的手法,细致地表现了新妇的形态与娇羞心理。词的下阕用"争奈"、"未会"、"不肯"、"却道"等虚词,将新妇心理作了层层铺叙。凡此,均展露了词人的才华和艺术表现特色。词以第三人称方式叙述,隐没了创作主体的情感,但从描述中却难掩主体深切的怜爱之意,情寓于中,得侧笔见意之妙。词体文学的发展史上,柳永开辟了新婚闺情的题材,它影响了后来的欧阳修和李清照等词人。此类题材在宋词中毕竟罕见,故尤可珍贵。

鹊 桥 仙

届征途①,携书剑②,迢迢匹马东去。惨离
怀,嗟少年易分难聚。佳人方恁缱绻③,便忍分
鸳侣④。当媚景,算密意幽欢,尽成轻负。

此际寸肠万绪。惨愁颜、断魂无语。和泪眼、
片时几番回顾。伤心脉脉谁诉?但黯然凝
伫⑤。暮烟寒雨。望秦楼何处⑥?

① 届:临,踏上。

② 书剑:书和剑。古代文人随身携带之物,表示文韬武略。
  唐代孟浩然《自洛之越》诗:"遑遑三十载,书剑两无成。"

③ 恁(nèn):如此,那么。缱绻:情意缠绵。

④ 鸳侣:比喻夫妇。

⑤ 凝伫:消魂,出神。

⑥ 秦楼:秦穆公女弄玉之楼,亦曰凤楼。后借指妇女居处,如
  古诗《陌上桑》:"日出东南隅,照我秦氏楼。"此借指某夫妇
  所居之处。

　　柳永为求功名,携书带剑,辞别故乡。词抒写与妻子离别的场面。此别是痛苦的,词的上阕表述了易分难聚的可能,妻子情意缠绵,而且正值良辰美景;这一切都因离别而辜负了,尤其辜负了妻子的情意。词的下阕即抒写主体的悲伤。面对妻子他思绪纷乱,消魂无语,但仍不得不踏上征途。频频的回顾表示渐渐离去,渐行渐远,最后已望不见他们共居的"秦楼",它已消失在一片暮烟寒雨的迷茫中了。在《乐章集》里,仅有此词全写离别情景,细致而集中,将场面写得凄楚感人,难分难舍,而主体的情感更表现得缠绵悱恻,哀伤真挚,尤其是突出了"轻负"的自责心情。自此别后,柳永夫妇果如词所预料——"易分难聚"。他们这次一别,以后再也未能团聚。

京华之词

柳永约于北宋天禧元年（1017）自故乡福建崇安，匹马迢迢来到北宋京都，观光上国。此时正值宋王朝的太平盛世，国家政治清明，社会经济繁荣，文化发展，人才济济，展现了光辉的前景。

宋王朝的建立，结束了数十年的五代十国分裂战乱的局面，至太宗开宝八年（975）平定江南而完成了统一中国的历史任务，重建了封建中央集权。此时北方的辽国强盛起来，威胁着宋王朝。北宋景德元年（1004），辽国承天皇太后和辽圣宗以收复瓦桥关（河北雄县南关）南十县为名，发兵南下。闰九月辽军进入宋境，十一月抵达黄河澶州城北，虎视宋都开封。宰相寇准力请宋真宗御驾亲征。宋军战胜辽军,真宗登上澶州北城门楼。十二月宋辽议和,是为澶渊之盟。盟约缔结后,宋辽两国形成长期并立形势,为中原和北部边疆经济文化的交流创造了条件。自此宋王朝争得和平建设时期,休养生息。史称"自景德以来,四方无事,百姓康乐,户口蕃庶,田野日辟"(《宋史》卷一七三《食货志》)。因此至天禧元年(1017),北宋王朝的盛世已经到来。

中国的封建社会自唐代中叶以后政治经济结构发生了变化,到北宋初期渐渐趋于定型。北宋的政治、经济和文化呈现与前代相异的面貌,尤其是在经济的发展方面,达到了前所未有的水平。宋代的城市与以前比较已具有若干新的特点,主要是:市场制代替了坊市制,镇市和草市(集市贸易)上升为经济意义上的城市,旧城连毗的城郊的经济意义非常突出。唐代两京及州治被划分为若干里坊,每个里坊以高墙围着。里坊既是行政管理单位,也是一个独立的商业区。里坊内设有固定的东、西、南、北等市。市内商店以商品种类分行营业。市内的一切营业时间以早晚坊门的开闭为准,日没坊门关闭便停止营业。经过五代的战乱,城市的里坊遭到不同程度的破坏,在宋初已难复旧观。北宋太平兴国五年(980),京都开封的商业活动已出现侵街的现象,突破时间与区域的限制,标志旧的坊制开始崩溃了。自此,商店可以随意地独立设置,以致交通便利的埠头、桥畔、寺观等处,亦成为商业活动场所,尤其是出现了各种各样的夜市。北宋城市经济的发展还突破了城市限制,往往在旧城的附近开设店铺、作坊、贸易场所,渐渐出现了新的商业区域。北宋初年京都附近的商业区发展迅速。太宗至道元年(995),京城设八厢行政区。"大中祥符元年(1008)十二月置京新城外八厢。真宗以都门之外居民颇多,旧制惟赤县尉主其事,至是特置厢吏,命京府统之"(《宋会要辑稿》兵三之二)。城内城外各设八个行政区,正反映了商业区促进了京都性质的变化,它不再仅仅是政治中心,而且在经济上也居于显著的地位。北宋时人口增长较快,太祖开宝九年(976)全国仅三百多万户,此后每年以千分之十一的增长率增加。其中城市人口的增加最快,太宗太平兴国年间(976—983)开封府主客户合计十七万八千余户,这在当时世界上是人口最多的大都市了。北宋城市也出现了新变化,移民向城市提供大量的劳动力,商人和手工业者社会利益群体开始形成。这一都市经济发展过程中基本上构成商品经济与自然经济的分裂,城市与农村的分离,从而由此形成了一个熙熙攘攘、追逐财富、充满物欲和自私自利的市民社会。

北宋时期全国京府四,府三十,州二百五十四,监六十三,县一千二百三十四,均有数目不等的坊郭户。五代战乱之后,户籍散乱或佚失,而全国人口又出现很大的变化与流动。北宋政权建立以来的三十余年间,户籍管理仍然紊乱,未能形成良好的制度。这给行政管理、赋税收入、科配和买都带来很多困难。太宗时随着经济的逐渐恢复和人口的蕃衍,户籍管理问题便非常突出。至道元年(995)六月,太宗正式下诏,令全国重造户口版籍。这一工作进行了数年,到真宗咸平五年(1002)完成。在重造户籍的过程中,发现城市与乡村户籍混编一起,致使行政管理与经济管理方面出现种种的不便和困难。这种旧的户籍制度已不能适应社会经济发展的新形势,于是酝酿着试行新的制度,即将城市与乡村户口分别列籍定等。真宗"天禧三年(1019)十二月,命都官员外郎苗稹与知河南府薛田,同均定本府坊郭居民等。从户部尚书冯拯之请也"(《宋会要辑稿》食货六九)。于是先在洛阳试点进行坊郭户定等,稍后按坊郭户房地课税额和经营工商业资本的数量,以财产为标准分为十等,成为定制。天禧五年(1021)都城东京(河南开封)坊郭户人口城内外共约五十万以上。坊郭户定为十等。宋人又习惯将十等人户分为三类,即上户、中户、下户;上户是豪强之家,中户为中产之家,下户为贫苦之家。坊郭上户为一、二、三等人户。其一等户又称高强户,包括居住在城市中的大地主、大房产主、大商人、高利贷者、大手工业主、税赋包揽者;他们构成城市的剥削阶级。中户为四、五、六等人户,包括一般中产商人、房主、租赁主、手工业主。下户为七等以下人户,包括小商、小贩、小手工业者、工匠、雇匠、自由职业者、贫民。他们在都市生活中因职业与经济状况的不同而形成种种社会利益群体,如商人群体、工匠群体、小手工业群体。这些社会利益群体都依赖于都市经济,共同参与都市经济生活,因而在封建社会中构成一个较大的新的社会阶层。因此完全可以说,坊郭户的出现标志着我国封建社会中市民阶层的兴起。当然这绝不意味着坊郭户完全等同于市民阶层。显而易见,坊郭户所包含的社会利益群体是十分复杂的。市民阶层的基本组成部分,不是旧的生产关系中的农民、地主、统治者及其附庸,而是代表新的商品生产关系与交换关系的手工业者、商人和工匠。坊郭户中的地主、没落官僚贵族、士人、低级军官、吏员以及军人,都不属于市民阶层;只有手工业者、商贩、租赁主、工匠、雇匠、苦力、自由职业者、贫民等,构成坊郭户中的大多数,由他们组成了一个庞杂的市民阶层。市民阶层在城市活动与社会生活中发挥了巨大作用,处于城市劳动的中心地位,成为城市文化的创造者。自从市民阶层登上历史舞台,城市社会具有前所未有的新特点,而实质上是市民社会。它是指不同于自然经济社会的商品经济社会。这个社会的世俗享乐方式、等价交换原则、充满物欲的活力、利己主义的精神等等，都对旧的封建主义文化发生着破坏作用，为封闭的社会打开了一个窗口，迎来了人本主义的一线曙光。柳永在都城东京逐渐感染了新兴市民阶层的文化思潮，终于成为表达新兴市民思想情绪的词人。

北宋天禧三年(1019)，宋王朝开科取士，录取进士140人，诸科154人。这次柳永是参加了考试的。此后仁宗天圣二年(1024)开科，录取进士200人，诸科354人。这次柳永也参加了考试，但皆屡试不中，使他长期流落京华。其《长寿乐》云：

尤红殢翠。近日来、陡把狂心牵系。罗绮丛中，笙歌筵上，有个人人可意。解严妆巧笑，取次言谈成娇媚。知几度、密约秦楼尽醉。仍携手，眷恋香衾绣被。　　情渐美。算好把、夕雨朝云相继。便是仙禁春深，御炉香袅，临轩亲试。对天颜咫尺，定然魁甲登高第。待恁时、等着回来贺喜。好生地，剩与我儿利市。

此词是为民间歌妓写的。宋代的东京也同唐代的长安一样，歌台舞榭、小曲幽坊等处是吸引青年士子的地方。宋人金盈之《新编醉翁谈录》卷七云："凡举子及新进士、三司幕府，但未通朝籍、未直馆殿者，咸可就游。不吝所费，则下车水陆备矣。其中诸妓多能文词，善谈吐，亦平衡人物，应对有度。"可见，凡是非正式的京朝官员，如举子、新科进士未授官者、幕职人员等，是可以到这些地方游玩的，而以伎艺为特殊职业的民间歌妓，对他们也富于诱惑的魅力。柳永从外地来到京都，早已习染了都市生活，而且沉溺于歌楼舞榭之中了。所以他在词中叙述了与一位民间歌妓相恋的情形，以为自己"定然魁甲登高第"，待到皇帝"临轩亲试"，进士及第之后，一定会来对她表示酬谢的。他对参加考试的信心是十足的，岂料事与愿违，结果多次名落孙山。宋初开科取士没有定制，到宋仁宗时才渐渐确定三年一次开科。宋王朝统一中国后人才缺乏，取录进士的名额大大增加，可是柳永却不幸未能考中。他愤激之下，写了盛传一时的《鹤冲天》词，表示"且恁偎红翠，风流事，平生畅。青春都一饷。忍把浮名,换了浅斟低唱。"我国历史上曾有许多才华出众的文学家,在科举盛行的时代屡试不中,布衣终身。这并非是他们无能,只说明他们不符合封建统治阶级的人才标准。此首词即表现了作者对功名利禄的鄙视和对传统思想规范的背逆。谁知柳永在偏激情绪支配下写的《鹤冲天》广为流传,甚至连仁宗皇帝也知道了。天圣五年(1027)开科,录进士77人,诸科894人。柳永此次通过了考试,但临到放榜,竟意外地被仁宗皇帝黜落。宋人吴曾《能改斋漫录》卷十六记述云:

> 仁宗留意儒雅,务本理道,深斥浮艳虚美之文。初进士柳三变,好为淫冶讴歌之曲,传播四方。尝有《鹤冲天》词云:"忍把浮名,换了浅斟低唱。"及临轩放榜,特落之,曰:"且去浅斟低唱,何要浮名!"

柳永在人生道路上蒙受这么一个空前严重的打击,心情可以想见。然而词人没有从此悲伤消沉,反而增强了其背离统治阶级而走向民间通俗文艺创作道路的决心。宋人严有翼《艺苑雌黄》云：

> 当时有荐其才者，上(仁宗)曰："得非填词柳三变乎？"曰："然。"上曰："且去填词。"由是不得志，日与猱子纵游娼馆酒楼间，无复检约，自称云："奉圣旨填词柳三变。"(《苕溪渔隐丛话》后集卷三九引)

"奉圣旨填词"，既有对最高统治集团的嘲讽意味，亦含蕴着词人几分辛酸的情感。

柳永是我国文学史上著名的风流才子。他精通音律，有深厚广博的文艺修养，"艺足才高"(《如鱼水》)，"唱新词，改难令，总知颠倒；解刷扮，能唗嗽，表里都峭"(《传花枝》)。他还常常自比宋玉、司马相如和潘岳，以为"檀郎自有，凌云词赋，掷果风标"(《合欢带》)，"见说兰台宋玉，多才多艺善词赋"(《击梧桐》)。柳永在一些词里记述在京都的浪漫生活，如"笑筵歌席连昏昼，任旗亭、斗酒十千"(《看花回》)。他后来回忆这一时期的生活说："帝城当日，兰堂夜烛，百万呼卢；

画阁春风,十千沽酒。未省、宴处能忘管弦,醉里不寻花柳"(《笛家弄》);又说:"帝里风光好,当年少日,暮宴朝欢。况有狂朋怪侣,遇当歌、对酒竞留连。"(《戚氏》)歌筵舞榭的放荡生活,其费用是惊人的。柳永长期困居京华,经济来源很成问题,父兄俱是薄宦,不可能供他大肆挥霍。再者,他的放荡行为是不为封建士大夫所容忍的,也可能因此家庭断绝了对他的经济援助。所以,那种"百万呼卢"、"十千沽酒"、"千金酬一笑"的豪情奢侈是维持不久的。他在《古倾杯》词中曾透露:"追思往昔年少,继日恁、把酒听歌,量金买笑。"我们可以推测,到后来他竟连"量金买笑"也不容易了。宋人叶梦得说:

> 柳永字耆卿,为举子时多游狭邪,善为歌辞。教坊乐工,每得新腔,必求永为辞。始行于世,于是声传一时。(《避暑录话》卷下)

这应是关于柳永留连坊曲的实情记述。他为什么要为教坊乐工写作歌词呢?教坊是掌管朝廷俗乐的机构。

朝廷遇有宴会时,教坊艺人便须登场表演歌舞伎艺。此制始于盛唐时期,北宋沿袭。宋仁宗时常常命令教坊为新曲谱词,以备演唱。所以当教坊乐工得到民间流行的时新曲调,便要求柳永为他们谱词。《乐章集》中今存许多歌颂皇室、帝都节序、祥瑞祝寿、粉饰升平的作品,都属典雅之词,写得富丽堂皇、雍容华贵,显然是为朝廷宴乐而作。柳永也为教坊乐写了些通俗歌词,因为宫廷也有时欣赏它们。通过谱词,作者自会得到教坊资助的。然而,柳永写作的大量通俗歌词,却是为民间歌妓而作的,以备她们在歌楼酒肆或民众游艺场所中演唱。这些歌词通俗易懂,优美动听,深受广大市民的喜爱。柳永也因此受到市民群众和歌妓们的欢迎。他还善于描绘歌妓的色艺,如《浪淘沙令》:

> 有个人人,飞燕精神。急锵环佩上华裀。促拍尽随红袖举,风柳腰身。　　簌簌轻裙,妙尽尖新。曲终独立敛香尘。应是西施娇困也,眉黛双颦。

这位歌妓身段优美,随着音乐急促的节拍,蹁跹起舞,嗓音尖新,佩环锵鸣,轻裙飞动。作者热情地赞美了她的美丽娇媚与歌舞伎艺。结句写曲终舞毕的困倦含愁情态,深深揭示了其内心的苦闷意绪。这样的词也很适合在歌楼酒肆演唱。宋人罗烨《醉翁谈录》丙集卷二云:

> 耆卿居京华,暇日遍游妓馆。所至,妓者爱其有词名,能移宫换羽,一经品题,声价十倍。妓者多以金物资给之。

从这段记述中我们可以知道,柳永不仅为歌妓们写歌词,而且是她们色艺的权威性的品评者,经品题后歌妓便可增高声价。为此,他得到她们经济资助,与她们保持着相当特殊的关系。这就是后来歌社、书会、行院等民间通俗文艺作者——"才人"所走的道路,而柳永则是他们的先行者。

我国古代的歌妓与乐妓、舞妓并称女乐,或称声妓、声乐,封建帝王的宫廷和达官显宦之家皆有。她们是封建统治阶级的一种奢侈的装饰品和玩乐工具。宋代的歌妓,作为一种制度,是汉唐歌妓制度的因袭,但是宋代社会与歌妓相联系的伎艺不同而使它有其特殊性。我国古代歌妓,她们与犯罪籍没入宫的奴婢、力役于籍田屯田和矿山工场的官奴、供帝王宫廷或中央和地方官署以及贵家使用的杂役奴婢,全都属于封建社会的"贱民"。贱民社会地位的特殊和卑下表现在:他们没有独立的户口,他们的"籍"是附属于宫廷、官署、军队和主家户籍之下,他们的人身自由受到特殊法律的束缚。宋代的刑法就认为"奴婢贱人,律比畜产"。主家可以将他们买卖或赠送他人。他们如果被放遣为自由民者,主家当具申牒经官府批准"除附";如果户主要收奴婢为妾,也得经官府"除附"、"免贱"之后方可。我国封建社会中长期保存着奴隶制的残余,奴婢和歌妓在性质上是相同的,但他们自两汉以来已不具有奴隶的性质了。他们并不直接参加被迫的劳动生产,而是作为官署或主家的仆从、杂役和玩乐的工具。歌妓可算是有特殊伎艺的高级奴婢,她们衣着华丽,出入歌筵舞席,侍宴官府,交接达官文人;然而她们仍是身隶乐籍或婢籍的贱民。她们之中也确有一些人深受宫廷、官府或主家的宠幸,生活优裕,甚至也有部分私有财产。这些歌妓可算作剥削阶级的附庸,过着寄生的生活;但这毕竟是极少数,绝大多数歌妓都是非常不幸的。

宋代的歌妓大致可分为官妓、家妓和私妓。宋代官妓包括教坊的歌妓、军中的女妓、中央及地方官署的歌妓。其来源不同于汉唐时主要由犯罪者家属籍没入官,因宋代对士大夫极其爱护,籍没者寥寥可数,所以其主要来源便是由官府指派或选定民间私妓色艺俱佳者强令其加入乐籍。唐代地方官妓居住于乐营,集中练习歌舞。宋代相沿也称地方官妓为营妓。汉代以来,朝廷禁止官员与官妓私通。宋代承袭古制,规定阃帅、郡守等官虽以官妓歌舞佐酒,然不得私侍枕席,如果有违者将受到朝廷处分。家妓是封建贵族及士大夫之家蓄养的擅长歌舞的美女,她们既非妾,又不同于奴婢。东晋以来士族豪侈,纵情声色,蓄养家妓之风遂盛。宋代贵族及士大夫们官余之时往往让家妓歌词侑觞,这成为具有时代风气的主要娱乐。私妓是指市井妓女。私妓中有以卖淫为主的,而其中之歌妓则以卖艺为主也兼卖淫。

她们多是民间贫苦人家女子误入风尘的。宋代的重要商业都市中凡歌楼、酒馆、平康诸坊及瓦市等处,都是私妓积聚与活动的地方。因为宋代私妓中的歌妓以卖艺为主,社会舆论也就不以朝廷或官府招唤私妓侍宴酒席为不名誉之事。

宋代歌妓是从事小唱的艺人。小唱是最普遍的演唱形式,演唱那些从大曲摘取的令词或慢曲,以及民间流行的通俗歌曲。宋词的绝大部分作品便是供小唱女艺人演唱的。小唱最简单的方式是清唱,歌者手执拍板唱小词;歌者一人,不舞蹈。许多歌妓是能歌善舞的,她们在表演时总是载歌载舞,在方响、筝、笛、琵琶等乐器伴奏下轻歌曼舞。歌舞时,女艺人无法执拍板,一般手执歌扇,且唱且舞。在民间,小唱是市民群众很喜爱的娱乐方式。有的歌妓特别擅唱某词人的作品并因此声传一时。歌妓之所以爱唱某词人的作品,是因为那些词以真正的同情表现了她们的生活、她们的精神痛苦和对生活的希望,而且欣赏她们的艺术,表达对她们的爱慕,许多词就是为她们而作的。词的歌唱,使得词人与歌妓之间存在一种天然的联系,在花间尊前、歌筵舞席都为他们提供了频繁交往的机会。他们之间互相倾慕,互为知音。这类哀艳动人的例子是不胜枚举的。这里出现了一个很奇特的社会现象,宋词中大量的恋情词和抒情对象竟是属于社会底层的贱民歌妓。词人与歌妓之间的爱情是属于封建时代官方社会以外的爱情关系。宋代词人以及士大夫们与歌妓的恋爱,在宋代社会中舆论是默许的。因此,他们也就无庸避忌,且引以为风流儒雅的时尚。由于歌妓须要不断地演唱新的歌词,而常于侑觞之时向词人们求索新词,促使词人为她们创作,这样大大地推动了宋词的发展繁荣。

柳永在京都留连坊曲,结识了一些民间歌妓。柳永不将她们视为贱民,尊重她们,同情她们,为她们写作新词,所以能得到她们的友谊与爱情。他的许多作品里记述了与歌妓们的爱情幸福和离别相思。这些抒情对象基本上是在其困居京华时认识的,而且在一些作品里留下了她们的艺名,可考的有英英、瑶卿、心娘、佳娘、酥娘、秀香和虫娘。词人描绘了她们献艺时的优美形象和精湛的造诣。

英英长于舞蹈,在华堂盛筵之前,"顾香砌丝管初调,倚轻风佩环微颤","乍入《霓裳》促遍。逞盈盈渐催檀板,慢垂霞袖,急趋莲步,进退奇容千变"(《柳腰轻》)。她在管弦声中表演了唐代大曲《霓裳羽衣曲》的最精彩的部分。心娘自幼即能歌会舞,"玲珑绣扇花藏语,宛转香茵云衬步"(《木兰花》)。她手持歌扇,歌声的响亮令人想起唐代的念奴;她轻盈的舞步在华茵上飞动,令人想起汉宫的赵飞燕。佳娘以歌唱知名,她手执拍板演唱流行歌曲,"金鹅扇掩调累累,文杏梁高尘簌簌。鸾吟凤啸清相续,管裂弦焦争相遂"(《木兰花》),唱得字正腔圆,语若贯珠,声震梁尘,余音不绝。酥娘的舞腰纤细,歌声美妙,"星眸顾拍精神悄,罗袖迎风身段小"(《木兰花》)。瑶卿不仅色艺俱佳,文学才华亦压倒群芳,不仅能吟诗作文,而且书法秀劲敏捷,"旋挥翠管红窗畔,渐玉箸,银钩满"(《凤衔杯》)。柳永在描写英英、心娘、佳娘和酥娘时,仅赞美她们的色艺,未涉及儿女之私。关于瑶卿,虽表示珍重其书翰之意,并含有相思之情,但也仅能说明他们之间存在友情而已。

柳永和秀香、虫虫是有亲密而热烈的恋爱关系的。秀香美如天仙,明眸粉颈最为动人,歌声响遏行云,话语娇美如流莺。柳永记述与她的欢爱:"洞房饮散帘幕静,拥香衾,欢心称。金炉麝袅青烟,凤帐烛摇红影。无限狂心乘酒兴,这欢娱、渐入嘉景。犹自怨邻鸡,道秋宵不永。"(《昼夜乐》)这是秋宵一度,此后也许鸾凤分飞了。虫虫即是虫娘。宋人俗语以虫虫或虫儿为对心爱人的昵称,如黄庭坚《步蟾宫》词有"虫儿真个忒灵利"。杜安世《浪淘沙》词有"一床鸳被叠香红,明月满庭花似绣,闷不见虫虫"。柳词中的虫虫当是虫娘的昵称。虫娘是能歌善舞的,"香檀敲缓玉纤迟,画鼓声催莲步紧。贪为顾盼夸风韵,往往曲终情未尽"(《木兰花》)。她不仅色艺出众,而且温柔风流,故得柳永的眷爱。他在京都"小楼深巷狂游遍,罗绮成丛。就中堪人属意,最是虫虫"。他表示:"天上人间,惟有两心同"(《集贤宾》),希望结为眷属。他们之间的爱情是最深厚的,虫虫是柳永真正的红粉知己。

宋人罗烨《醉翁谈录》丙集卷二记述了柳永在京都时与三位民间歌妓的轶事：

> 耆卿一日经由丰乐楼前，是楼在城中繁华之地，设法卖酒，群妓分番。忽闻楼上有呼"柳七官人"之声，仰视之，乃角妓张师师。师师耍峭而聪敏，酷喜填词和曲，与柳密。及柳登楼，师师责之曰："数时何往，略不过奴行？君之费用，吾家恣君所需，妾之房卧，因君罄矣。岂意今日得见君面？不成恶人情去，且为填一词去。"柳曰："往事休论。"师师乃令量酒，具花笺，供笔墨。柳方拭花笺，忽闻有人登楼声。柳藏纸于怀，乃见刘香香至前，言曰："柳官人，也有相见！为丈夫岂得有此负心？当时费用，今忍复言？怀中所藏，吾知花笺矣。若为词，妾之贱名幸收置其中。"柳笑，出笺方凝思间，又有人登楼之声。柳视之，乃故人钱安安。安安叙别，顾问柳曰："得非填词？"柳曰："正被你两姐姐所苦，令我作词。"安安笑曰："幸不我弃！"柳乃举笔，一挥乃止；三妓私喜："柳官人有我，先书

我名矣。"乃书就一句,乃云:"师师生得艳冶。"香香、安安皆不乐,欲擘其纸。柳再书第二句云:"香香于我情多。"安安又嗔柳曰:"无我矣。"掇其纸,怂然而去。柳遂笑而复书第三句云:"安安那更久比和,四个打成一个。"(过片)"幸自苍皇未款,新词写处多磨。几回扯了又重接,姦字中心着我。"曲名《西江月》。三妓乃同开宴款柳。

《醉翁谈录》的作者罗烨无考,此著所记之事多属传闻,当是南宋时书会先生之流编写的,以作为话本小说的素材。所记柳永之词及歌妓师师、安安、香香均不见于《乐章集》,亦无其他宋代文献可证,仅属传闻性质,不足为信。然而所记诸妓给予柳永的经济资助,确能反映书会才人与民间私妓的真实关系。他们为歌妓编写唱本,从她们那里取得报酬,以维持在都市的生活。当然,柳永不仅与歌妓存在这种联系。他的《如鱼水》词是在京都生活的总结:

帝里疏散,数载酒萦花系,九陌狂游。良景对珍筵，恼佳人自有风流。劝琼瓯。绛唇启、歌发清幽。被举措、艺足才高，在处别得艳姬留。　　浮名利，拟拚休。是非莫挂心头。富贵岂由人，时会高志须酬。莫闲愁。共绿蚁、红粉相尤。向绣幄、醉倚芳姿睡，算除此外何求？

此词即透露了作者在京都真是"风流事，平生畅"的，经常发生艳遇。词人再次表示对功名利禄的鄙视，对是非得丧的随意，但同时又企望壮志得酬，这显然是矛盾的。"数载酒萦花系"，柳永最后产生了厌倦之感，大约于仁宗天圣五年（1027）离开了京都。自天禧二年（1018）至此，柳永困居京华，约为十载。

柳永在京都的十年，是他文学成就最辉煌的时期，奠定了他在宋词史上的重要地位。北宋中期黄裳《书乐章集后》云：

予观柳氏乐章，喜其能道嘉祐中太平气象，如观杜诗，典雅文华，无所不有。是时予方为儿，犹想见其风俗，欢声和气，洋溢道路之间，动植咸若。令

> 人歌柳词,闻其声,听其词,如丁斯时,使人慨然有
>
> 感。呜呼,太平气象,柳能一写于乐章。所谓词人
>
> 盛世之黼藻,岂可废耶?(《演山集》卷三五)

读柳词令北宋人感到的是它描绘的盛世太平气象,因此
极为赞赏。因柳永事迹不为史家所述,故属于传奇性人
物。他卒于宋仁宗嘉祐元年(1056)之前数年。其描绘
的太平气象应是天禧元年(1017)至康定元年(1040)的
二十余年间的事。康定之后,北宋与西夏的战争爆发,
此后,包括嘉祐(1056—1063)时期,社会积贫积弱的弊
病已渐渐显露,不再是盛世了。李之仪追溯宋词发展过
程时说:

> 至唐末遂因其声之长短而以意填之,始一变以
>
> 成音律,大抵以《花间集》中所载为宗,然多小阕。
>
> 至柳耆卿始铺叙展衍,形容盛明,千载如逢当日。
>
> (《跋吴师道小词》,《姑溪居士文集》卷四十)

北宋中期以后的人们缅怀过去的盛世,只能在柳词里见
到,可令他们想象当时的太平气象,因而对柳词给予了

极高的评价。这与南宋以来词学家们对柳词的评价存在很大的差异,柳词的基本思想倾向已不为后世的人们所理解了。我们现在读《乐章集》会见到有许多歌颂皇朝熙盛、国家富庶、京都壮丽、人民欢乐的作品。柳永于天禧二年(1018)初到京都,时值政治清明,社会升平,赵祯被册立为皇太子,预示国运兴隆。词人带着新鲜与喜悦的心情由衷地歌颂,作了《玉楼春》组词四首。此后他还作有《送征衣》(过韶阳)、《御街行》(燔柴烟断星河曙)、《永遇乐》(薰风解愠)以为帝王祝寿;作有《看花回》(玉城金阶舞舜干)赞美都城的繁华;作有《破阵乐》(露华倒影)、《抛球乐》(晓来天气)、《玉蝴蝶》(渐觉芳郊明媚),描述都城人民在金明池和郊野春游的欢乐。这些作品都有诔颂与粉饰之失,但如咏元宵灯会的《迎新春》(嶰管变青律)、咏七夕佳节的《二郎神》(炎光谢)和咏清明郊野踏青的《木兰花慢》(拆桐花烂漫),都是艺术性较高的佳作,在民间广为流传;尤其是《二郎神》和《木兰花慢》,直到南宋末年仍是人们喜爱歌唱的节序词。柳永在京都感到都市的繁华和个人的

自由欢乐,令他不由不赞美和热爱太平盛世,如他初到京都作的《长寿乐》:

> 繁红嫩翠。艳阳景,妆点神州明媚。是处楼台,朱门院落,弦管新声腾沸。恣游人无限驰骤,娇马车如水。竞寻芳选胜,归来向晚,起通衢近远,香尘细细。　　太平世。少年时,忍把韶光轻弃?况有红妆,楚腰越艳,一笑千金何啻。向尊前舞袖飘雪,歌响行云止。愿长绳、且把飞乌系。任好从容痛饮,谁能惜醉!

柳永喜爱京都的艳阳烟景,朱门楼台,弦管新声,车水马龙,歌舞美酒,这正是太平的迹象。由于科举考试的失败,柳永也产生过愤世嫉俗的情绪和及时行乐的思想,如在《鹤冲天》(黄金榜上)和《传花枝》(平生自负)里所表述的那样,但他对未来仍充满希望,毫不气馁。他对所爱的歌妓虫虫说:"但愿我虫虫心下,把人看待,长似初相识。况逢春色,便是有举场消息。"(《征部乐》)他对考试是自信的,想象一举首登龙虎榜的殿试情形:

"仙禁春深,御炉香袅,临轩亲试。"(《长寿乐》)柳永一生仕途坎坷,在事业上是不如意的,正是在这种条件下写作了许多歌颂盛世之词,它们遂更显得真实和难能可贵。北宋某些贵幸和史臣因此甚感惭愧,他们获得朝廷的高官厚禄,却没有留下为人们称道的盛赞太平的文字。

困居京华,留连坊曲,奉旨填词,柳永为民间歌妓写作了许多新的通俗歌词。词人采用了北宋以来流行的新燕乐曲,给它们填上歌词,以供歌妓演唱之用。这些词是以女性第一人称的叙述方式,模写女性自我情绪的,在词学上称为代言体。由于此时中国市民社会已经形成,新的市民阶层兴起,市民的审美需要产生了。民间小唱女艺人便在歌楼舞榭、茶肆酒店,甚至街头巷尾为市民群众演唱流行歌曲。她们为了适应市民群众的审美理想,在歌词里表达了新兴市民的思想情感。新的思想观念首先在伦理方面,最突出的是婚姻爱情方面表现出来。柳永创作的通俗歌词即表达了这种新的思想观念,例如下面的词句:

又争似从前,淡淡相看,免恁牵系。(《慢卷绸》)

奈你自家心下,有事难见。待信真个别无萦绊,不免收心,共伊长远。(《秋夜月》)

几时得归来,香阁深关。待伊要、尤云殢雨,缠绣衾、不与同欢。尽更深、款款问伊:今后敢更无端?(《锦堂春》)

向鸡窗,只与蛮笺象管,拘束教吟课。镇相随,莫抛躲,针线闲拈伴伊坐。(《定风波》)

也拟重论缱绻,争奈反覆思维。纵再会,只恐恩情,难似当时。(《驻马听》)

不会得却来些子事,甚恁底死难拚弃。待到来,终久问伊看,如何是?(《满江红》)

这些代言体词,抒写女性主体意识,采用市井俚俗语言,表现市民女性个人意识的觉醒。她们不再是传统文学作品中家庭与情感的奴隶,没有独立人格的妇女,仅是逆来顺受、春愁闺怨,无法从礼教与妇德的枷锁中解脱出来。她们是新的市民女性,具有人本思想,表现出自觉的生命意识。她们要求情感的对等,对情感采取现实的态度,有办法应付情变的困难局面,富于计谋,大胆泼辣,在情感世界要求自由和公平。柳永在歌颂盛世的词篇里将所描绘的事物层面拓展,具体表现,形象鲜明,层次清楚,这种铺叙的方法在代言体词里运用得更为成功。他以体制宏大的长调,细致曲折地逐步将市井女性的心理活动在特定的时间与空间内展开,层层深入,直到揭示出深层的思想意识。词人取生活片断中的点作线型结构的铺叙,宛如絮语家常,而听起来有头有尾,不冗不漫,甚为精彩。它们在艺术上已达到柳词的最高境界,不仅为柳永在民众间赢得了广泛的声誉,而且在整个词史上无论思想与艺术方面都是新颖的,表现出宋词真正的艺术特色。

宋人及后世词学家指责柳永的"淫冶讴歌之曲",正是这些通俗的代言体词。词人固然大胆表达了市民女性追求爱情自由的观念,但在《乐章集》里真正属于艳词的并不多,例如"酒力渐浓春思荡,鸳鸯绣被翻红浪"(《凤栖梧》),"须臾放了残针线,脱罗裳恣情无限。留取帐前灯,时时待看伊娇面"(《菊花新》),"最奇绝是笑时,媚靥深深,百态千娇,再三偎着,再三香滑"
(《小镇西》)。这些词表现了性爱欢乐和生命意识,它
正是受新兴市民思想感染而体现出人本思想的火花。
可惜在中国封建社会长期延续之中,柳词在当时和后世
都由此而受到严厉的批判。

京华生活十年,应是柳永创作的丰收时期。他已成
长为一位真正的词人了。

玉 楼 春

星闱上笏金章贵①。重委外台疏近侍②。
百常天阁旧通班③,九岁国储新上计④。
太仓日富中邦最⑤。宣室夜思前席对⑥。归心
怡悦酒肠宽,不泛千钟应不醉。

① 星闱:借指朝廷。闱,古代宫室。上笏:向帝王呈上奏章。
　笏,朝笏,古代朝臣用的手板,以便记事奏言。金章:贵重
　奏章。

② 外台：宋代三司监院官带御史衔，号外台，职为监察检举。
　　近侍：皇帝左右的侍臣。《宋史·真宗纪》：天禧二年
　　（1018）"六月壬辰，诏三班使臣经七年者考课迁秩。己亥，
　　诏诸州上佐、文学、参军谪降十年者，听还乡。……秋七月
　　壬申，以星变赦天下，流以下罪减等，左降官羁管十年以上
　　者放还京师，京朝官丁忧七年未改秩者以闻。"

③ 常：常规。天阁：朝廷。通班：京朝官的班行。汉代官制，
　　凡二百石以上官员具名丞相府，谓之通官。后太尉、司徒、
　　司空三公称通官。

④ 国储：立皇太子，为国建储。《汉书·疏广传》："太子国储
　　副君。"天禧二年八月，宋真宗《皇太子辞免恩命第三表批
　　答》："愿建储闱，以隆国本。"《宋史·真宗纪》：天禧二年
　　"八月庚寅，群臣请立皇太子，从之。……甲辰，立皇子升
　　王为皇太子。大赦天下，宗室加恩，群臣赐勋一转。……
　　九月丁卯，册皇太子。"赵祯生于真宗大中祥符三年（1010）
　　四月，天禧二年（1018）八月，群臣请立皇太子为国建储；九
　　月真宗册立赵祯为皇太子。这年赵祯虚龄九岁。

⑤ 太仓：都城储备粮食的仓库。中邦：京都。

⑥ 宣室：汉代未央宫正室。西汉时文帝在此召见贾谊，谈论

投机，夜深不倦。前席：将座位前移，以示亲近。唐人李商隐《贾生》："宣室求贤访逐臣，贾生才调更无伦。可怜夜半虚前席，不问苍生问鬼神。"此指宋真宗求贤之意。

　　赵祯被册立为皇太子，为国建储，这是宋王朝的大事，全国隆重举行庆祝盛典。从此词可知柳永于北宋天禧二年（1018）已在都城开封，躬逢盛会，而热情洋溢地作此颂词。这年柳永三十一岁。词歌颂了真宗后期政治清明，朝班整肃，新建国储，国库丰盈，求贤纳谏，致为盛世。词人在结尾处表现了个人对建储的喜悦，一醉太平。此词虽然属于一般祝颂之作，我们却可从中见到年轻词人初到京都时的热情和对国家政治命运的关注。因它可以说明柳永初到京都的时间，故为一篇很重要的早期作品。

玉　楼　春

皇都今夕知何夕①。特地风光盈绮陌②。

金丝玉管咽春空③,蜡炬兰灯烧晓色④。

凤楼十二神仙宅⑤。珠履三千鹓鹭客⑥。

金吾不禁六街游⑦,狂杀云踪并雨迹⑧。

① 今夕知何夕:语本古《越人歌》:"今夕何夕兮,搴舟中流。"
表示乐极忘时。

② 绮陌:繁华富丽的街道。

③ 金丝玉管:弦乐和管乐器。此指管弦音乐之声。

④ 烧晓色:指元宵灯烛光亮通明。

⑤ 凤楼:宫内楼阁。南朝鲍照《代陈思王京洛篇》:"凤楼十
二重,四户八绮窗。"

⑥ 珠履:缀有珠玉的鞋。《史记·春申君列传》:"春申君客
三千人,其上客皆蹑珠履。"鹓鹭:鹓鸟和鹭鸟,群飞有序,
因以喻朝官班行。《北齐书·文苑传序》:"于是辞人才子,
波骇云属,振鹓鹭之羽仪,纵雕龙之符采。"

⑦ 金吾:执金吾,京都管理治安的长官。古代实行宵禁,只有
元宵节允许人们晚间在外游乐,金吾不予禁止。唐人韦述
《两京新记》:"正月十五日夜,敕金吾驰禁,前后各一日以
看灯。"宋人蔡絛《铁围山丛谈》卷一:"上元张灯,天下只三

日,都邑旧亦然,后都邑独五夜。相传谓吴越钱王来朝,进钱若干,买此两夜,因为故事。非也。盖乾德间蜀孟氏初降,正当五年之春正月,太祖以年丰时平,使士民纵乐,诏开封增两夜,自是始。"六街:北宋汴京(开封)的六条大道。《资治通鉴》卷二〇九唐代景云元年五月:"中书舍人韦元微巡六街。"注:"长安城中左右六街,金吾街使主之;左右金吾将军,掌昼夜巡警之法,以执御非违。"宋代亦有六街。《宋史·魏丕传》:"初六街巡警皆用禁卒。"

⑧ 云踪雨迹:喻男女风流佚事。唐宋时期青年男女借元宵观灯谈情说爱,留下许多浪漫的爱情故事。

　　此词当作于北宋天禧三年(1019),柳永在京都第一次观看元宵灯会盛况。词人赞美京都街市的繁华富丽,乐声喧天,灯烛通明,宫殿楼阁辉煌,达官贵人与士庶游乐,金吾不禁。元宵的热闹正是北宋太平盛世的表象,词人初到京都,感触尤深,遂发自内心而歌颂;但他最感兴趣的应是灯会的艳遇了,这为节日增添了浪漫的情调,更富于诗意。此词的气魄宏伟,场面壮观,然而作为令词艺术而言尚嫌粗糙,仅粗略地勾画了元宵景象,缺乏深刻的表现。它显示了作者长于客观描述的艺术特征,而这在他的长调作品中才更能体现艺术的优势。

鹤 冲 天

黄金榜上①,偶失龙头望②。明代暂遗贤,如何向? 未遂风云便③,争不恣狂荡④。何须论得丧。才子词人,自是白衣卿相⑤。 烟花巷陌⑥,依约丹青屏障⑦。幸有意中人,堪寻访。且恁偎红翠⑧,风流事、平生畅。青春都一饷⑨。忍把浮名,换了浅斟低唱。

① 黄金榜:黄榜,科举考试殿试后朝廷发布的榜文,因用黄纸书写,故名。

② 龙头:状元的别称。此处代指中举。

③ 风云便:喻人生因机遇而改变命运,此指科举考试成功。《周易·乾·文言》:"云从龙,风从虎,圣人作而万物睹。"

④ 争：怎。恣：放纵。

⑤ 白衣：古代平民服白衣，此指无功名的士人。唐代宰相多
由进士出身者出任，因其原为白衣之士，而有卿相的资格，
所以称进士为白衣卿相。

⑥ 烟花巷陌：借指歌妓聚居之处。

⑦ 丹青屏障：彩绘的屏风。

⑧ 红翠：红巾翠袖，借指歌妓。

⑨ 一饷：片刻，短暂的时间。

　　自唐代以来，科举考试成为士子入仕的必由之路，
而只有入仕之后才有建功立业的机会与获取人生辉煌
的条件。当考试失败、名落孙山时，士子们的失望心情
是悲苦与辛酸的。而柳永在青年时代考试失意所作的
这首《鹤冲天》，则以愤激的心情表示了对传统思想的
偏离和对儒家伦理的背叛，以积极的人生态度走上一种
新的生活道路。在国家圣明之世应是朝野无遗贤的，而
有才之士的落第正是反常的现象。柳永对自己的才华
是充满自信的，故以"白衣卿相"期许。在他看来，猎取

功名与青春欢乐对于人生都是重要的,当二者不能相兼时,他便选择了后者。人们有时不知自己真正需要的是什么。当柳永写下"忍把浮名,换了浅斟低唱"时,似寻觅到了自己真正的需要,从此走向了民间,去为乐工歌妓写作新词,成为宋代书会先生的前驱者。此词可视为词人从事市民文艺创作的宣言,在文学史上永远闪烁着光辉。

迎　新　春

嶰管变青律①,帝里阳和新布②。晴景回轻煦③,庆佳节,当三五④。列华灯,千门万户。遍九陌⑤,罗绮香风微度。十里然绛树⑥。鳌山耸⑦,喧天箫鼓。　　渐天如水,素月当午⑧。香径里,绝缨掷果无数⑨。更阑烛影花阴下⑩,少年人、往往奇遇。太平时,朝野多欢民康阜⑪。随分良聚⑫。堪对此景,争忍独醒归去⑬。

① 嶰(xiè)管:箫笛等竹制乐器。青律:古代时令与乐律相

配。青为春天之色。乐器改用春之乐律,表明春天来临。

② 帝里:京都。阳和:和暖的春光。

③ 轻煦:微暖的初春气候。

④ 三五:正月十五日元宵节。

⑤ 九陌:汉代都城长安有八街九陌。陌,街道。此指北宋都
城开封的大道。

⑥ 然:同"燃"。绛树:树上装饰灯彩。绛,深红色。

⑦ 鳌山:元宵灯会,将灯彩结缚为山棚。宋人孟元老《东京梦
华录》卷六:"左右门上,各以草把缚成戏龙之状,用青幕遮
笼。草上密置灯烛数万盏,望之蜿蜒如双龙飞走。自灯山
至宣德门横大街,约百余丈,用棘刺围绕,谓之棘盆。"

⑧ 当午:当空,表示时间已至午夜。

⑨ 绝缨掷果:喻青年男女相戏浪漫。战国时楚庄王夜宴,灯
烛忽灭,一位官员扯宫女之衣,宫女则扯断其冠缨,请求庄
王燃灯找出绝缨者。庄王令群臣皆断缨。事见《说苑·复
恩》。晋代潘岳美姿丰仪,当他出洛阳道时,妇女们投掷水
果给他。潘岳遂满载而归。事见《晋书·潘岳传》。

⑩ 更阑:古代夜间计时,一夜五更,更阑谓时过半夜。

⑪ 朝野:朝廷与民间。

⑫ 随分:偶遇,随缘。良聚:良宵聚会。

⑬ 争忍:怎忍。

汉代于正月十五日祭祀天神——太一,从黄昏直到天明,极为隆重。后来发展为夜游观灯。唐代京都长安于正月十五日前后各一夜解除宵禁,让士民观灯游乐。宋代元宵灯节又增加十七、十八两日,节日灯会达于鼎盛。这时元宵观灯成为国家升平富庶的象征。北宋初年经济渐渐恢复,文化发展,臻于盛世。"真宗皇帝因元夕御楼观灯,见都人熙熙,举酒属宰执曰:'祖宗创业艰难,朕今获睹太平,与卿等同庆。'宰执称贺。"(朱弁《曲洧旧闻》卷一)词人柳永此词即作于北宋真宗时期。他从外地来到京都,热情地描绘了节日的热闹场面和士民们的浪漫情趣,歌颂了太平盛世。在这欢乐的良宵,京都火树银花,灯山人海,华灯与星月交辉,箫鼓共歌声荡漾。人们欢迎春天的来临,乐曲奏响青春的旋律。这正是:

灯初放夜人初会,梅正开时月正圆。

许多浪漫的奇遇便在此种场合发生,因而不仅有"绝缨掷果"之事,还有彩鸾灯和窃杯女子等传奇。词人以白描的手法绘制了"太平时,朝野多欢民康阜"的民俗图卷,使我们于千载之下犹能见到当日的熙盛。此词的文化意义远大于其文学的价值。

二 郎 神

炎光谢①。过暮雨、芳尘轻洒②。乍露冷风清庭户爽,天如水、玉钩遥挂③。应是星娥嗟久阻④,叙旧约、飙轮欲驾⑤。极目处、微云暗度,耿耿银河高泻⑥。　　闲雅。须知此景,古今无价。运巧思、穿针楼上女⑦,抬粉面、云鬟相亚⑧。钿合金钗私语处⑨,算谁在、回廊影下。愿天上人间,占得欢娱,年年今夜。

① 炎光:灼热的阳光。

② 芳尘:芳香的尘土。

③ 玉钩：喻新月。七夕，月牙如钩，尚未圆满。

④ 星娥：织女星。在银河西，与河东牵牛星相对。《文选·洛神赋》注引曹植《九咏》注："牵牛为夫，织女为妇。牵牛织女之星各处一方，七月七日乃得一会。"

⑤ 飙轮：飙车。御风而行的车。

⑥ 耿耿：明亮的样子。

⑦ 穿针：中国古代民俗七月七日夜妇女于月下穿针乞巧。宋人孟元老《东京梦华录》卷八："七夕……贵家多结彩楼于庭，谓之乞巧楼；铺陈磨喝乐、花、瓜、酒、炙、笔、砚、针、线，或儿童裁诗，女郎呈巧。焚香列拜，谓之乞巧。"金盈之《新编醉翁谈录》卷四："夫乞巧多以彩帛为之。其夜妇女以七孔针于月下穿之——其实此针不可用也，针扁而孔大。"

⑧ 亚：低垂。

⑨ 钿合金钗：用唐明皇与杨贵妃爱情故事。金钗，妇女首饰；钿合，用金花珠宝镶嵌的盒子。唐人陈鸿《长恨传》："定情之夕，授金钗钿合以固之。"私语处：用白居易《长恨歌》"七月七日长生殿，夜半无人私语时"诗意。

　　我国民间关于七夕有着古老而优美的神话传说。

天河(银河)之东有织女,她本是天帝的女儿,善织云锦天衣。天帝可怜女儿孤独寂寞,允许她嫁给天河西边的牛郎。因其嫁后废弃织纴,天帝大怒,逼使她与牛郎分离,仍然一在天河之东,一在天河之西,只许他们每年七月七日晚上相聚一次。七夕银河明亮,天淡如水,缕缕彩云飘过,牛郎织女珍惜佳期,幸福地相会,了却一年的相思之债。此夜人间的痴儿女,仰望天空,静观鹊桥高架,银河相通,唤起他们对爱情幸福的向往。柳永此词善于传达出民众在佳节所产生的普遍情绪和美好愿望。作者将七夕民俗的望月穿针与定情私语绾合一起,毫无痕迹,充分表现了节序的特定内容。词的上片主要写天上的情景,下片则主要写人间的情景;结尾的"愿天上人间,占得欢娱,年年今夜"是全词的总结。它寄寓了人们获得幸福的祝愿,展示了词人热烈而广阔的胸怀。词意浅俗易懂,形象鲜明生动,作者的祝愿非常使人感动。它可能唤起一种在日常纷扰的现实生活中容易忽视,却又是十分珍贵的情感。只有这时,艺术的魅力才可能最充分表现出来。自从古诗写牛郎织女的幽怨

"河汉清且浅,相去复几许;盈盈一水间,脉脉不得语"之后,文人咏七夕之作总是带着浓重的感伤情调,以寄托个人的相思离恨。这些情调似乎与民间关于七夕的许多想象终隔一层。在民众看来,七夕佳期是值得庆幸的,柳词较能符合他们单纯朴素、积极乐观的生活信念,因而它在民间传唱不衰。宋人庄绰《鸡肋编》卷下云:"徽宗尝问近臣:'七夕何以无假(通"价")?'时王黼为相,对云:'古今无假。'徽宗喜甚,还语近侍,以黼奏对有格致。盖柳永七夕词云'须知此景,古今无价。'按此词为《二郎神》调,而俗谓事之得体者为有格致也。"这则记述可见柳词在数十年后犹能产生社会影响,甚至得到宋徽宗的赏识。

木 兰 花 慢

　　拆桐花烂漫①,乍疏雨、洗清明。正艳杏烧林、缃桃绣野②,芳景如屏。倾城③。尽寻胜去④,骤雕鞍、绀幰出郊坰⑤。风暖繁弦脆管,万家竞奏新声。　　盈盈⑥。斗草踏青⑦。人艳冶,递逢迎。向路傍往往,遗簪堕珥⑧,珠翠纵横。欢情。对佳丽地,任金罍罄竭玉山倾⑨。拚却明朝永日,画堂一枕春酲⑩。

① 拆:绽开。

② 缃桃:浅红色的桃花。

③ 倾城:全城。

④ 寻胜:寻求风景胜地。

⑤ 绀幰(gàn xiǎn):天青色车幔,此指车。坰:郊野。

⑥ 盈盈:女子美好的仪态。此借代女子。

⑦ 斗草:古代妇女的一种游戏,采集花卉比赛,以奇异者为胜。踏青:清明到郊野游乐,探春。

⑧ 簪、珥:妇女首饰。

⑨ 金罍:贵重酒杯。罄:尽。玉山倾:喻饮酒醉倒。《世说新语·容止》:"嵇叔夜之为人也,岩岩若孤松之独立;其醉也,傀俄若玉山之将崩。"

⑩ 酲(chéng):病酒。

我国传统民俗很重视清明节。这时风和日暖,百花盛开,芳草芊绵,人们习惯到郊野去扫墓、踏青,作一次愉快的春游。宋人对这个季节也非常重视,不仅柳永选取为词的题材,以后的张择端又绘制了宏伟的风俗画卷,孟元老的《东京梦华录》里也有较详的叙述。他们都以北宋都城东京(河南开封)郊外为背景,重现了"汴京盛时伟观",以致在南宋时曾常常激起汉族人民的爱国主义情感。

柳词在东京郊野的背景上,描写了京都民众清明游乐的真实。南宋词学家沈义父以为此词的起笔很值得效法:"第一句不用空头字在上,故用'拆'字,言开了桐花烂漫也。"(《乐府指迷》)油桐树于三月初开紫白色花朵,繁茂满枝,最能标志郊野清明的到来。"艳杏"和"缃桃"等富于艳丽色彩的景物,突出了春意正浓时景色鲜妍有如画屏之美。"倾城,尽寻胜去",是对春游盛况作总的勾勒,使词意发展的脉络清晰。人们带着早已准备好的熟食品,男骑宝马,女坐香车,到郊外去领略大自然的风光。上阕结两句,以万家之管弦新声渲染了节日的气氛,预示着词情向欢乐的高潮发展。词的下阕着重表现郊游的欢乐。柳永这位风流才子往往将注意力集中于艳冶妖娆、珠翠满头的市井时髦妇女和歌妓们。在这富于浪漫情调的春天郊野,她们的愉快与放浪,在作者看来是为节日增添了浓郁的趣味和色彩。《东京梦华录》卷七云:"寒食第三节即清明日矣,凡新坟皆于此日拜扫。……莫非金装绀幰,锦额珠帘,绣扇双遮,纱笼前导。士庶阗塞诸门,纸马铺皆于当街用纸衮叠成楼阁状。四野如市,往往就芳树之下,或园囿之间,罗列杯盘,互相劝酬。都城之歌儿舞女,遍满园亭,抵暮而归。"柳词正表现了这种类似的场面。作者以肯定的语气,设想欢乐的人们在佳丽之地饮尽美酒,陶然大醉。

柳永描绘的清明郊野欢乐场面是热闹的,这只有在升平富庶的时代才可能出现。作者虽有不如意之时,但却在词里由衷地表现了社会的升平气象,赞美了他的时代。词中有少数典雅的词字,但整篇的语言和表现方式仍是较通俗的,因此能在两宋社会广泛传唱。这类节序题材是很难处理的,尤其是从宏观角度来表现整个节日欢乐的场面而不渗入个人感伤的情绪就更难了。宋末词学家张炎谈到节序词的写作时说："昔人咏节序,不惟不多,付之歌喉者类是率俗,不过为应时纳祜之声耳。所谓清明'拆桐花烂漫'、端午'梅霖初歇'、七夕'炎光谢',若律以词家调度,则皆未然。"(《词源》卷下)张炎虽然贬低柳永的节序词,却不得不承认它们在南宋末年尚为人们传唱,深受民众的欢迎。由此足见柳永的节序词是有艺术生命力的。

玉女摇仙佩

　　飞琼伴侣①,偶别珠宫②,未返神仙行缀。取次梳妆③,寻常言语,有得几多姝丽。拟把名花比,恐旁人笑我,谈何容易。细思算,奇葩艳卉,惟是深红浅白而已。争如这多情,占得人间,千娇百媚。　　须信画堂绣阁,皓月清风,忍把光阴轻弃? 自古及今,佳人才子,少得当

年双美④。且恁相偎倚⑤。未消得，怜我多才
多艺。愿奶奶、兰心蕙性⑥，枕前言下，表余深
意。为盟誓：今生断不孤鸳被⑦。

① 飞琼：仙女许飞琼。《汉武帝内传》："（王母）又命侍女董
　双成吹云和之笙，石公子击昆庭之金，许飞琼鼓震灵
　之簧。"

② 珠宫：道家传说天上上清宫有蕊珠宫，为神仙所居。唐人
　元稹《清都春霁寄胡三吴十一》："蕊珠宫殿经微雨，草树无
　尘耀眼光。"

③ 取次：随意。

④ 当年：正当盛年。

⑤ 恁：如此，这样。

⑥ 奶奶：宋人俗语，对主妇的尊称。

⑦ 断不：决不。鸳被：绣有鸳鸯的衾被。

　　词人直抒胸臆，向一位市井妇女表述爱慕之意。他
将这位妇女比作神女一般，然而她却又是平凡的。她草

率地随意梳妆,使用市井言语,而特别显得娇媚可爱。西方人关于爱情幸福的观念是美丽的小姐遇上英俊的白马王子,中国民间则羡慕佳人才子的喜结良缘。词人以为古往今来,很少有佳人才子在青春年华相遇,而他们有此因缘,因而应当珍惜良辰美景,充分享受爱情的甘美。为此,这位才子信誓旦旦,表达一片真情。柳永此词使用的是北宋初年民间流行的新声,表达了自由的爱情观念。清人田同之持传统的观念批评说:"文人之才,何所不寓,大抵此物留连,寄托居多。《国风》、《骚》、《雅》,同扶名教。即宋玉赋美人,亦犹主文谲谏之义。良以端之不得,故长言咏叹,随指以托兴焉。必欲如柳屯田之'兰心蕙性'、'枕前言下'等言语,不几风雅扫地乎?"(《西圃词说》)指摘柳词有乖风雅,破坏名教,从否定面表明它的反传统文化的意义。因此词形象鲜明,语言通俗如话,情感热烈真挚,很受当时新兴市民阶层的喜爱。此是长调,作者善于使用铺叙展衍的方法,使形象丰满,语意俱足。例如:"细思算"、"愿奶奶"这两个长句,完全口语化,一气直下,语法结构严密,语意明白,展示了与诗的表现方式的相异之处,形成了宋词长调的艺术特色,因而应是柳词佳作。

慢 卷 䌷

闲窗烛暗,孤帏夜永①,欹枕难成寐。细屈指寻思,旧事前欢,都来未尽,平生深意。到得如今,万般追悔。空只添憔悴。对好景良辰,皱着眉儿,成甚滋味。　　红茵翠被②。当时事,一一堪垂泪。怎生得依前③,似恁偎香倚暖,抱着日高犹睡。算得伊家④,也应随分⑤,烦恼心儿里。又争似从前,淡淡相看,免恁牵系。

① 孤帏:喻独居。帏,帏幕。

② 红茵:红色垫席。

③ 怎生:如何,怎么。

④ 伊家:宋人俗语,第二人称:你。董解元《西厢记诸宫调》
卷八:"忆自伊家赴上都,日许多时,夜夜魂劳梦役。"

⑤ 随分：照样。

　　自唐代以来适应新音乐而产生的新体音乐文学样式——词，本是供人们在花间尊前遣兴娱宾的。因此文人采用这种新文学样式时主要是为应歌而作，即写作歌词以供歌妓们侑觞演唱的。这种为歌妓演唱而作的词，大都是以歌妓第一人称表述的。词人模拟女性语气自我抒情的歌词称为代言体。柳永此词即是应歌的代言之作。

　　词表述女子在恋爱过程中的矛盾心理。上片描写孤独憔悴的现实境况，透露他们情感的破裂，原因是在女方。她非常后悔，但具体的原因却省略了。这位女性显然是市民妇女，她没有传统的观念约束，所以在愁苦之余，准备振作起来，不愿辜负"好景良辰"。词的下片追叙从前的爱情幸福，特别强调性爱的欢乐，表达了市民女性的生命意识。市民女性对爱情的态度是很现实的，也能冷静地处置。古今中外自来存在友谊与爱情的矛盾，二者似乎难以得兼。如果从友谊发展至爱情，必然产生一种飞跃——质变。在结合的过程中两个心灵不断碰撞，可能导致诸种新的后果。当不可能避免的破裂出现之后，才会发觉还是停止在原先的友谊阶段为佳。词的结语"又争似从前，淡淡相看，免恁牵系"，这是彻悟之语，含有深刻的人生哲理意义。

作者善于表达市民女性的思想情绪，体现了普通民众一种生命意识的觉醒。词的语言俚俗，情趣凡下，却反映了生活的真实。如果我们听了女艺人演唱这首通俗歌词，在欣赏之后，必定会思考友谊与爱情矛盾的这一人生主题。

迷　仙　引

才过笄年①，初绾云鬟②，便学歌舞。席上尊前，王孙随分相许③。算等闲、酬一笑，便千金慵觑④。常只恐、容易蓦华偷换⑤，光阴虚度。　　已受君恩顾，好与花为主。万里丹霄⑥，何妨携手同归去。永弃却、烟花伴侣⑦。

免教人见妾,朝云暮雨⑧。

① 笄(jī)年:女子成年。笄,簪,古代女子盘发插笄,表示已经成年。

② 绾:盘结。云鬟:乌云似的发鬟。

③ 随分:随意,随便。相许:赠与,指演出后给予缠头(酬劳)。

④ 觑(qù):窥视。

⑤ 蕣华:木槿花,夏秋开花,朝开暮落。古人用以比喻女性容颜易老。

⑥ 丹霄:云霄,天空。

⑦ 烟花伴侣:风尘中的青楼姊妹。

⑧ 朝云暮雨:喻男女私情,此有朝三暮四之意。古代楚王在高唐梦见巫山神女为荐枕席,神女辞别时说:"妾在巫山之阳,高丘之阻,且为朝云,暮为行雨。朝朝暮暮,阳台之下。"事见宋玉《高唐赋》。

柳永青年时期留连坊曲,熟悉民间歌妓生活,也深知她们的痛苦并真正同情她们。此词以代言体方式,通过一位民间歌妓对自己所信任男子的叙述,表现她对自由生活的向往和追求。这位歌妓是幼年沦落娼籍,属于歌楼中较为高级的歌妓。古代女子年满十五岁,开始梳缩发髻,插上簪子,标志成年了。这位歌妓到及笄之年学习歌舞,遂成为娼家牟利的工具;当然也可得到一些归己的赏钱。她个人生活是悲惨的,尤其是精神生活。在封建社会后期的市民生活中普遍盛行拜金主义,但这位歌妓并非狂热的拜金主义者。她在华灯盛筵之前为公子王孙歌舞,却轻视千金而希望得到尊重和理解。她在风尘中保持着清醒的自我意识:寻觅知音,渴望有一个正常的人生归宿,走"从良"的道路。她自知美好的青春会像莠花一样很快凋谢。当光阴虚度之后,结局如何呢? 词的上片逐层地暗示了从良是歌妓的唯一出路,由此很自然地在下片正面表达其从良的决心和愿望。

她在赏识者中觅到一位可以信托终身的男子,便以贱民的身份和坚决的态度,恳求救其脱离火坑。歌妓犹命薄如花的女子,求他作主,求他庇护,以期改变自己的命运。为妓如堕溷之花,从良则不啻登天。她现在有了可信赖的男子,可以共同缔造家庭生活;盼望以此来洗涮世俗对她的不良印象。她恳求、发誓,言辞已尽,愿望热切,似乎含着热泪,怀着对未来的憧憬,向社会发出求救的呼声。然而,她所信任的男子是否同意她的要求,是否能帮助她跳出火坑,是否能同她共建美满的家庭生活?关于这一切,词人均未作出肯定的回答。作者只传达了民间歌妓的呼声,希望能获得社会的同情。我们从民间歌妓在宋代社会现实中的一般情况来判断,这位歌妓实现从良的可能性很小,很可能是又受到欺骗,或者买她去作小妾,或者虽是知音却无力付清身价银而终于不能救助。按照封建等级制度的规定,歌妓属于"贱民",注定了悲剧的命运。她们要想像正常人一样过着温暖的家庭生活总是难以如愿的,虽然这是妇女最低与最合理的要求。

此词于平淡中很具功力,紧紧抓住民间歌妓要求从良的主线,善于剪裁,突出重要情节,语言贴切,深刻反映了歌妓的精神生活。词人柳永是真正同情民间歌妓的,敢于正视她们不幸的命运;因而在词里我们可以见到作者人道思想的闪光。

秋 夜 月

当初聚散。便唤作①、无由再逢伊面②。近日来、不期而会重欢宴③。向尊前、闲暇里，敛着眉儿长叹。惹起旧愁无限。　　盈盈泪眼。漫向我耳边④，作万般幽怨。奈你自家心下，有事难见。待信真个，恁别无萦绊。不免收心，共伊长远。

① 唤作：以为。

② 伊：你，第二人称代词。

③ 不期而会：未约定的偶然相见。

④ 漫：徒然。

代言体词，表达市民女子与情人重逢时的思想情绪。中国诗歌里表述离情别绪的作品都以女性处于被动、压抑与悲苦的地位,甚符合儒家的妇女观念。此词是抒写市井女子之情,她很看重实际生活,表现出在情感方面的平等要求。人生的聚与散是缘分,当初她与情人分别时以为永不相见了,谁知在某次筵席上又偶然相遇。如果不相遇,似乎两情已断,再无牵挂。然而意外的相逢,却不免引起旧情。市民女性在思想和情感方面都是较为自由的,而且具有一定现实生活经验。她不相信那些空洞也许还是虚假的离别相思之苦的倾诉,指出"奈你自家心下,有事难见"。即他必定有对不起她的负心之事,它必定是很难启齿的。对此,点明而已,不必再细问,以免互相难堪。由于旧情的偶然复活,重结盟好是可能的,但这位市井女子却并非是对一点甜蜜的谎言便轻信的人。她表示要等待与观察一段时间,如果他真在情感上没有其他瓜葛,那么她也会回心转意依旧与他相好的。这是都市式的现实恋爱,双方是平等自由的。情感不和便分手,分别后不痛苦,各自选择新的生活;如果重新结合,又必须在双方自愿的平等的基础上方可考虑。此词所表达的正是这样一种异于传统的新

的伦理观念,它代表着进步的思潮,所以会受到市民的
欢迎。

法 曲 第 二

　　青翼传情[1],香径偷期[2],自觉当初草草[3]。
未省同衾枕[4],便轻许相将[5],平生欢笑。怎生
向[6],人间好事到头少。漫悔懊。　　细追思,
恨从前容易,致得恩爱成烦恼。心下事千种,
尽凭音耗[7]。以此萦牵,等伊来,自家向道。泊
相见[8],喜欢存问,又还忘了。

① 青翼:青鸟,神话传说中西王母的使者。此借指书信。

② 偷期:两性相约幽会。

③ 草草:草率仓卒,敷衍了事。

④ 衾:被盖。

⑤ 相将:相共。

⑥ 怎生向:怎向,怎奈,奈何。

⑦ 音耗：音信。

⑧ 洎(jì)：及，到。

　　女子自述苦涩的初恋。此有似才子佳人浪漫的传奇故事。他们暗传书信，当然是正常婚姻之外的关系，因为是一见钟情的。他们的幽会正是传奇故事中小姐的后花园私订终身，这是因惊慌而致相爱草率，但印象却是美好而深刻的，他们相互海誓山盟。这种关系在中国封建社会里是被认为不正常的，不能得到双方家庭的同意和社会的承认，因而是不合法的。它不幸如无果之花。古代不知曾有多少有情人都会发出"人间好事到头少"的深沉哀叹。由于离多会少，情浓缘悭，造成恩爱愈深，烦恼愈增，甜蜜与痛苦并存的情形，甚至产生悔懊情绪。这一切困扰与烦恼等到幽会时迅即烟消云散。像这样的相思、欢聚、苦离，周而复始，不知何时才能了结？词人善于在歌词里表达这种任何时代都可能存在的现象，是文学永恒主题中一个难解的情结；正因此，它才具有艺术生命。小说和戏剧处理这种题材时，大多以皆大欢喜的大团圆结局,然而现实生活则都如柳词所表述的那样,给人留下无尽的遗恨,少有例外。

秋 蕊 香 引

　　留不得。光阴催促,奈芳兰歇①,好花谢,惟顷刻②。彩云易散琉璃脆③,验前事端的④。　　风月夜,几处前踪旧迹。忍思忆。这回望断,永作终天隔⑤。向仙岛⑥,归冥路⑦,两无消息!

① 歇:衰残,凋落。

② 顷刻:极短暂的时间。

③ 琉璃:以黏土、长石、石青等为原料烧制的瓦。此用白居易《简简吟》"大都好物不坚牢,彩云易散琉璃脆"成句。

④ 验:验证。端的:确实如此。

⑤ 终天隔:终生永别。

⑥ 仙岛:传说中的海上仙山,为仙人居住之地。

⑦冥路：通向阴间(地狱)的道路。

悼念歌妓之词。歌妓在风尘中犹如花朵在风雨摧损中会很快凋谢殒落,过早地结束年轻的生命。词人虽然认为死亡乃人生的大限,而人生是短促的,但年轻的歌妓的生命却特别的脆弱,造化于她们太不公平了。古人相信:善人死后飞升仙山天国,恶人死后堕入阴曹地府。歌妓是善,还是恶? 词人否定世俗的观念,对她们寄予了深深的同情,因此表示在盖棺论定时很难以简单的善恶概念去加以判断。所以说不知她们死后究竟是向仙岛而去,还是踏上黑暗的冥路? 这里也表达了对死亡即归于虚无的见解,不相信轮回与因果报应的迷妄。此词雅致而含蓄,作者的态度是严肃而感伤的,以芳兰和好花比喻亡人的艳质,以彩云之易散与琉璃之易碎比喻亡人生命的脆弱。她的终极有如风雨催送春归,美好事物一去便无踪迹。词人并未表达这位歌妓与他的特殊的亲密关系,仅流露出友谊与同情,由此更显示了其人性的光辉。在当时能为一个贱民写下如此真切的悼亡词,真是难能可贵。

锦 堂 春

坠髻慵梳,愁蛾懒画①,心绪是事阑珊②。
觉新来憔悴,金缕衣宽③。认得这疏狂意下④,
向人诮譬如闲⑤。把芳容整顿,恁地轻孤⑥,争
忍心安? 依前过了旧约,甚当初赚我⑦,偷
剪云鬟? 几时得归来,香阁深关。待伊要、尤
云殢雨⑧,缠绣衾、不与同欢。尽更深、款款问
伊:今后敢更无端⑨!

① 蛾:蛾眉,指代妇女秀眉。

② 是事:每件事。阑珊:本意为衰残,借用为情意消沉。

③ 金缕衣:饰以金线的华贵衣服。

④ 疏狂:指放荡之人。

⑤ 诮譬:说笑,闲聊。

⑥ 孤:辜负。

⑦ 赚：欺骗。

⑧ 尤云殢(tì)雨：暗喻爱情缠绵。殢，殢留。

⑨ 无端：无赖，骂人之词。

柳永以代言方式塑造了一位大胆泼辣、富于计谋、热情聪慧的普通市井妇女形象。词的上阕描述她在晨妆时的意识流程，突出瞬间情绪的变化。她本来因受离情困苦，无心梳妆打扮，又发觉最近容颜憔悴，身体瘦削。她设想在外的男子很可能已将她忘记，因为他原来的归期早已过了。他此时也许正同某些妇女一起调笑取乐，悠闲度日。对此她深感不平，迅即准备采取对付的办法。词意接着转入虚写，表现女主人公内心设想的计谋，显然真的归期在即。她第一步打算是重新梳妆打扮，整顿芳容；第二是等他归来，以极冷淡态度对待，甚至拒绝与他"同欢"；第三，逼令他承认错误，保证今后不再逾期不归。

此词从内容到形式都是普通民众能欣赏的。它的语言使用的是浅近白话，其中不少俗语，如"是事"、"认得"、"诮譬"、"恁地"、"争"、"赚"、"无端"等,组织在全篇中成为表现力很强的通俗文学语言,有如叙说家常。作者善于表现抒情主人公的短暂意识,展现其复杂的思想活动,使词意高度集中并得以深化。词的结构绵密而层次分明,词意的发展合情合理。这样通过深入具体的心理描述,刻画人物达到了声情毕肖的境地,确实表现出作者成熟的艺术才能,为宋词艺术别开生面。这个形象本身是具有反封建意义的,所以它能感动市民群众。

定 风 波

自春来、惨绿愁红,芳心是事可可①。日上花梢,莺穿柳带②,犹压香衾卧。暖酥消③、腻云嚲④。终日厌厌倦梳裹⑤。无那⑥。恨薄情一去,音书无个。 早知恁么⑦。悔当初、不把雕鞍锁⑧。向鸡窗⑨、只与蛮笺象管⑩,拘束教吟课⑪。镇相随,莫抛躲⑫。针线闲拈伴伊坐。和我。免使年少,光阴虚过。

① 是事：事事。可可：张相《诗词曲语辞汇释》："可字叠用之则曰可可"，"言凡事不在意或一切含糊过去"。

② 柳带：柳树枝条。

③ 暖酥：酥乳。

④ 腻云：闪亮的头发。軃（duǒ），下垂的样子。此指头发散乱。

⑤ 厌厌：同恹恹，形容病态。

⑥ 无那：无奈。

⑦ 恁么：如此。

⑧ 雕鞍：雕饰的马鞍。

⑨ 鸡窗：书窗。《艺文类聚》卷九一引《幽明录》："晋兖州刺史沛国宋处宗尝买得一长鸣鸡。爱养甚至，恒笼著窗间。"后因以代书窗。

⑩ 蛮笺：唐代四川所制彩色花笺。象管：象牙笔管，借指笔。

⑪ 吟课：攻读诗书。

⑫ 抛躲：回避。

中国传统的闺怨题材，以唐代诗人王昌龄所表现的最为典型。其诗云："闺中少妇不知愁，春日凝妆上翠

楼。忽见陌头杨柳色,悔教夫婿觅封侯。"(《闺怨》)这
由良辰美景引起春闺寂寞的思妇对青春生命的珍惜,在
中国诗词里一再重复,而所描写的思妇却无法改变现实
的境况,只有含蓄的闺怨。柳永此词也是闺怨题材,然
而抒情主人公却是市井普通妇女,她表达了一种新的女
性的人生理想。她希望以强制的方式将丈夫留在家里,
严厉地管束着他,让他在家中攻读诗书。她则闲拈针线
在一旁相伴。虽然她也许并不识字,也不一定希望丈夫
学优仕进,但能守着他,过着和谐平静的生活,这就是家
庭幸福。她的这种要求是非常朴素而合理的,她的强制
专横也是非常合情的,足以反映出她善良、贤淑、热情、
能干的可贵品格,然而却非恪守传统妇德的女子。柳永
此词是应歌之作,供歌妓在歌楼酒肆卖艺用的,甚符合
市民群众的审美趣味,但并不符合封建士大夫的审美理
想,因而此词在后来给柳永仕途带来一些麻烦。宋人张
舜民《画墁录》记载:

> 柳三变既以词忤仁庙(宋仁宗),吏部不放改
> 官。三变不能堪,诣政府。晏公(殊)曰:"贤俊作曲

子么?"三变曰:"只如相公,亦作曲子。"公曰:"殊虽作曲子,不曾道'彩线慵拈伴伊坐'。"柳遂退。

北宋人尚沿唐五代习惯称词为"曲子"。当时晏殊任宰相,柳永谒见,请求由地方官改调京都任职。晏殊是著名的词人,他指责柳永《定风波》词所表现的反传统妇德的倾向,致使柳永这次谒见以失败告吹。此事正从负面表现了柳词的社会意义。

少 年 游

一生赢得是凄凉①。追前事②,暗心伤。好天良夜,深屏香被,争忍便相忘? 王孙动是经年去③,贪迷恋,有何长④? 万种千般,把伊情分,颠倒尽猜量⑤。

① 赢得:落得。

② 追:追念、回忆。

③ 王孙：古代对贵家子弟的通称。动：动辄，往往。

④ 长：优长。此指好处、益处。

⑤ 颠倒：反反复复。

柳永在京都长期留连坊曲，与歌妓产生真正的友情，深知她们内心的痛苦。此词即传写了她们痛苦的声音。她们以色艺谋生，属于社会的贱民，成为被侮辱与被损害者。在歌楼舞榭消费娱乐的大都是富有的贵家子弟，他们生性放荡，追欢逐乐，朝秦暮楚，轻浮无信。歌妓与这些王孙交往，必然很快地被他们厌倦而遗弃。这类事情一个接一个地替换，周而复始，因而歌妓们"一生赢得是凄凉"。她们很不容易遇到知音的士子，亦不愿意去过勤劳俭朴的生活，这就注定了悲剧的命运，难以自拔于污泥浊水。柳永是忠于生活、正视现实的词人，在这首小词里既表现了歌妓的痛苦，充满人道的同情，同时也暗示了她们堕落的本性，由此处于困惑的境地。这向社会提出了一个值得深思的妇女问题。我们相信：每个社会妇女解放的程度，即是衡量该社会文明进步的尺度。

驻 马 听

　　凤枕鸾帷^①。二三载,如鱼似水相知。良天好景,深怜多爱,无非尽意依随。奈何伊,恣性灵^②,忒煞些儿^③。无事孜煎^④,万回千度,怎忍分离!　　而今渐行渐远,渐觉虽悔难追。漫寄消寄息,终久奚为^⑤?也拟重论缱绻^⑥,争奈翻覆思维^⑦。纵再会,只恐恩情,难似当时。

① 凤枕鸾帷:喻枕席欢爱。鸾凤,比喻两性。

② 恣性灵:放纵个性。

③ 忒煞:太过分了。

④ 孜煎:思念之极,忧虑。

⑤ 奚为:何用。

⑥ 缱绻:情意缠绵。

⑦ 翻覆:反复。思维:思考。

此词是柳永习惯采用的线型结构,即按照情节的顺序从头写起,但内容和形象皆别具新意。开始是写抒情女主人公沉溺于对往日甜蜜爱情的回忆之中。这段幸福的生活只有"二三载",在整个人生旅程中是短暂的,却因两心相印,情趣和谐而令人难忘。在这些难忘的日子里已暗藏破裂的因素。他们的情感是不对等的。她委曲求全,百般迁就;他则过分任性,不近人情。这样,终致矛盾,分离是必然之势。作者省略了离别的细节,转叙别后的苦闷情绪。这位妇女是善良温厚的,具有女性在感性方面的弱点,所以在反复考虑往事时,仍免不了眷恋之情。词的下片着力表现她被遗弃后的复杂心理过程。当初如果她再容忍一些,或许可以留住他的,现在时空与情感的距离愈来愈远,后悔已无济于事。她经过冷静思考,从现实的情况判断,"纵再会,只恐恩情,难似当时"。情感是不能勉强的,而且变易无常,很难再有最初的印象与最初的感觉了。

柳永笔下的这个市民妇女形象不同于其他词中另一些大胆泼辣、富于计谋的妇女,而具有我国妇女传统的温良忍耐品格。她遭到遗弃，并不怨天尤人，将过错归结于他的乖僻个性，而是设法弥补情感裂痕，后悔自己未尽到应有的努力。她最后能理智地冷静地认清现实，必将战胜自我，走出情感的误区。词中情感与理智的交战被表现得曲折入微。作者对弃妇题材的处理有自己新颖而独特的方式，这与传统文人的处理方式迥别，并不将弃妇写得悲哀可怜，从而更符合市民社会的生活真实。我们读了此词，会为其形象的真实所感染，也会叹服其朴素的表现手法所产生的艺术力量。

望　远　行

绣帏睡起。残妆浅，无绪匀红补翠①。藻井凝尘②，金梯铺藓③，寂寞凤楼十二④。风絮纷纷，烟芜苒苒⑤，永日画阑，沉吟独倚⑥。望远行，南陌春残悄归骑⑦。　　凝睇⑧。消遣离愁无计。但暗掷、金钗买醉。对好景、空饮香醪⑨，争奈转添珠泪。待伊游冶归来⑩，故故解放翠羽⑪,轻裙重系。见纤腰,图信人憔悴。

① 匀红补翠:指妇女梳妆。红,胭脂;翠,翠黛。古代妇女用的化妆品。

② 藻井:彩绘的天花板。

③ 金梯:华美的楼梯。

④ 凤楼:皇宫内楼阁,亦借指富家妇女居处之所。

⑤ 烟芜:远处迷茫的水草。

⑥ 沉吟:深思的状态。

⑦ 陌:道路。悄:无。

⑧ 凝睇:凝目,注视。睇,斜视。此借指眼目。

⑨ 醪(láo):酒。

⑩ 游冶:游荡寻欢。

⑪ 翠羽:此指以翠羽编织成的云纹之裘,即翠云裘。

绣纬、藻井、金梯、凤楼、画阑,这些组成一个华丽的居住环境,表明女主人是很富有的。然而她在情感上却空虚的,她所期待的是贵游公子,正离家寻觅欢乐,而她仍毫无结果地盼望归骑。在旁人看来,她是富有的,又有一个美好的家庭,但她确又无聊与寂寞。外在形式的占有与内在需求的渴望,在某种情况下是矛盾的,二者竟不可能统一。这位富家主妇为了求得精神的安慰与解脱,只能悄悄借酒浇愁,并不能改变愁闷的现实环境。最后她想出了一个小小的计谋,即在丈夫归来时,去掉厚厚的翠袭,再将裙腰紧系,使腰围显得窄小,表示自己相思而憔悴了。这种设想是建立在丈夫归来的基础上的,倘若他不归来,或虽然归来却看出骗人的玩笑,那结果只会愈益使情感恶化。词人以代言方式表现了富家妇人的悲剧,揭露了封建社会后期商品社会下的一种家庭蕴藏的不幸。词在铺叙展衍之后,仍有含蓄之意,留下令人思索的余地。

离 别 难

　　花谢水流倏忽①,嗟年少光阴。有天然、蕙质兰心②。美韶容、何啻值千金③。便因甚、翠弱红衰,缠绵香体④,都不胜任。算神仙、五色灵丹无验,中路委瓶簪⑤。　　人悄悄,夜沉沉。闭香闺、永弃鸳衾。想娇魂媚魄非远,纵洪都方士也难寻⑥。最苦是、好景良天,尊前歌笑,空想遗音。望断处,杳杳巫峰十二⑦,千古暮云深。

① 倏忽:疾速,指极短的时间。

② 蕙质兰心:喻高雅的气质和善良的心地。

③ 何啻:何止,岂止。

④ 缠绵香体:此指久病缠身,很难医治。

⑤ 瓶簪:瓶为古代汲水器,簪为妇女首饰。委,抛弃。妇女抛弃瓶簪,喻指死亡。唐白居易《新乐府·井底引银瓶》:"瓶沉簪折知奈何,似妾今朝与君别。"

⑥ 洪都方士:有法术的道士。洪都即鸿都,东汉京都洛阳宫门。方士乃古代求仙炼丹、自言能长生不死之人。此用唐陈鸿《长恨传》传奇故事:"适有道士自蜀来,知上皇心念杨妃如是,自言有李少君之术。玄宗大喜,命致其神(魂魄)。方士乃竭其术以索之,不至。"

⑦ 巫峰十二：巫山在长江三峡，群峰连绵，有著名的十二峰。唐李端《巫山高》："巫山十二峰，尽在碧虚中。"此借指巫山神女之事。

　　悼念歌妓之词。歌妓是风尘中的女子，她们堕入风尘有种种的原因，其中却也有少数如出污泥的莲花。柳永哀悼的这位歌妓，她美艳、娇媚，而且品质高雅善良，可惜在青春年华即悄然辞世。词人以感伤的笔调，描述了人间一种美质的消失。一般说来，疾病是不会夺去年轻生命的，所以其突然的病逝是意外的，必有隐藏的社会原因，使她从痛苦的人生解脱出来。词的上片叙述病殁过程，下片抒写悼念之情。歌妓是贱民，她的死没有常人的丧葬仪式，也没有亲人的哀吊，孑然一身，如落叶飘零而去。一切悄然，人去屋空，情景被表现得甚为凄凉。古人相信人死后有的入天堂，有的下地狱，上苍的善恶天平是公正的。那么，歌妓属于善，还是恶呢？在世俗的眼里，她是恶的化身，当然应堕入地狱的。词人则肯定她是美的，似乎很难以简单的善恶标准去加以评价。在想念中，她的魂灵仍是娇媚的，可能去巫山化成神女了，为云为雨，缥缈于十二峰之间。柳永曾有《秋蕊香引》悼念歌妓，而此词更深刻和具体，可见出死者曾与之有过亲密的关系，目睹其死亡，故词的情绪特别悲伤沉痛，难忘其尊前歌笑的优美形象。在宋词里这类悼亡词是有的，但都被诗意化了，隐去了死者的本质，怕面对真实的社会生活。柳词的可贵之处，即在于它的真实并舍弃了世俗的和上层社会的偏见，因而在整个宋词中是特殊而珍贵的作品。

满　江　红

万恨千愁，将年少、衷肠牵系。残梦断、酒醒孤馆，夜长无味。可惜许枕前多少意①，到如今两总无终始②。独自个、赢得不成眠，成憔悴。　　添伤感，将何计？空只恁③，厌厌地④。无人处思量，几度垂泪。不会得都来些子事⑤，甚恁地抵死难拚弃⑥。待到头，终久问伊看⑦,如何是?

① 可惜许:可惜;许,虚词。

② 无终始:没有结果。

③ 只恁:只是这样。

④ 厌厌地:精神萎顿的样子。

⑤ 些子:一点儿。

⑥ 拚(pàn)弃:舍弃不顾。

⑦ 伊:第三人称代词,此指男性。

　　中国近世思想家梁启超深信:"人生关涉理智方面的事项,绝对要用科学方法来解决;关涉情感方面的事项,绝对的超科学。"柳词所表现的市井女子在情感上的困惑,即是难以用理智的方法来解决的。她盼望他们的爱情有一个结果——合法的婚姻。为此在短时的离别之际,她"衷肠牵系","赢得不成眠","几度垂泪",陷入了痛苦的深渊。如果理智地思考,他们的恋情是属于官方规定以外的,多种的社会阻碍因素使它注定没有结果,因此不如两下分手。然而感性于人的支配力有时却大大超过理智的力量,它看似不太重要,却又令人"底死难拚弃",不可思议。若没有大团圆的结局,这种内心的困扰将继续下去,即使相见时再三商量,终归一筹莫展。中国文学史上"大团圆"的观念,自唐代传奇小说流行以来得到加强,逐渐成为民众对美好幸福的善良愿望,而且变得愈来愈固执。柳词即表现了此种固执的态度,同时也表现了市民群众强烈的生命意识,努力追求自己真正需要的东西。两性在恋爱中要求大团圆是十分合情合理的愿望,实际上作者是在力图将浪漫传奇的故事早早结束,放下舞台的帷幕,不让故事再继续扮演下去。实质存在于过程,它的意义往往为最看重实际利益的人们所忽略。柳词所反映的市民女性的情绪是很深刻的。

木 兰 花 令

有个人人真攀羡[①],问着洋洋回却面[②]。

你若无意向他人,为甚梦中频梦见? 不如闻早还却愿③,免使牵人虚魂乱。风流肠肚不坚牢④,只恐被伊牵引断。

① 人人:对昵爱者的称呼。柳永《长寿乐》:"罗绮丛中,笙歌宴上,有个人人可意。"攀羡:仰慕。

② 洋洋:同"佯佯",假装无意的样子。

③ 闻早:趁早。还却愿:还愿,求助神灵保佑以实现自己的愿望,到时以祭品向神灵答谢。比喻实践诺言。

④ 风流肠肚:喻指风流的心性。

通俗歌词,抒写相思爱慕之意。它与典雅的文人词完全异趣,表现市民真率粗犷的恋情。抒情主体的表述是很有趣的。他一见钟情,在邂逅相遇时,她却装作无意冷淡的样子。他质问:既然无意,为什么在梦中又常相见呢?这似乎有理,却近于玩笑。因此劝告恋人早早实践诺言,以了心愿,然而这更表示情感的脆弱,请求给予同情。小词将欲望作了强烈而又颇为含蓄的表达,它是很真实的,流露出一种人本主义的思潮。柳永的时代,理学尚未兴起,人们的生活是较为自由的,精神亦未受到桎梏;所以如此词所述,人们是可以自由地、无拘束地追求异性,去获取人生的幸福。这正是政治清明、社会升平的另一种表现。

西　　施

　　自从回步百花桥①,便独处清宵。凤衾鸳枕,何事等闲抛②?纵有余香,也似郎恩爱,向日夜潜消③。　　恐伊不信芳容改,将憔悴、写霜绡④。更凭锦字⑤,字字说情惨⑥。要识愁肠,但看丁香树⑦,渐结尽春梢。

① 回步:回返。百花桥:唐人裴铏《传奇》中,南溟夫人以百花桥助元彻、柳实渡海,并谓"来从一叶舟中来,去向百花桥上去"。
② 等闲:轻易,随便。

③ 潜消：悄悄地消失。

④ 霜绡：洁白的薄绢，此借指信笺。

⑤ 锦字：前秦秦州刺史窦滔被徙流沙，其妻苏氏思之，织锦为回文璇玑图诗以寄赠，词甚凄惋。后称妻赠夫之书信为锦字。

⑥ 情愫：悲思之情。

⑦ 丁香：落叶灌木，椭圆形叶，花紫色或白色，有香味，花冠呈长筒状。唐宋诗人常以丁香花蕾比喻愁思固结不解。花间词人牛峤《感恩多》："自从南浦别，愁见丁香结。"

　　胡适先生于 1915 年留学时写的日记曾谈到长短句词体在表情达意时的独特功能。他说："吾国诗句之长短韵之变化不出数途。又每句必顿住，故甚不能达曲折之意，传宛转顿挫之神。至词则不然。如稼轩词：'落日楼头，断鸿声里，江南游子，把吴钩看了，阑干拍遍，无人会，登临意。'以文法言之，乃是一句，何等自由，何等顿挫抑扬！'江南游子'乃是韵句，而为下文之主格，读之毫不觉勉强之痕。可见吾国文本可运用自如。"此即道出王国维先生谓词"能言诗之所不能言"者。由此我们可从语法结构寻求诗词之别。柳永这首小词抒写一位女子的相思之情,语意连贯,打破韵脚限制,一气呵成。其语句运用自如的水平,远远早于辛稼轩。兹试将此词排写如下:

> 自从回步百花桥,(我)便独处清宵。凤衾鸳枕,何事等闲抛;纵有余香也似郎恩爱,向日夜潜消。恐伊不信芳容改,(我)将憔悴写霜绡,更凭锦字说情惊:要识愁肠,但看丁香树渐结尽春梢。

以上可视为三个独立的句子,语意完整。它们将抒情主体的一点相思之情宛曲地以喻作细致表达,突破了格律停顿的限制,具口语化的特点。这看似平易,却表现了作者构思的精巧与纯熟自由的艺术手段,宜为典范之作。

十 二 时

秋 夜

晚晴初,淡烟笼月,风透蟾光如洗[①]。觉翠帐、凉生秋思。渐入微寒天气。败叶敲窗，西风满院，睡不成还起。更漏咽②，滴破忧心，万感并生，都在离人愁耳。　　天怎知，当时一句，做得十分萦系③。夜永有时，分明枕上，觑着孜孜地④。烛暗时酒醒，元来又是梦里。　　睡觉来，披衣独坐，万种无憀情意⑤。怎得伊来，重谐云雨⑥，再整余香被。祝告天发愿⑦，从今永无抛弃。

① 蟾光：月光。

② 更漏：古代计时，夜间以更鼓，计时器则用铜壶滴漏。此指铜壶滴漏与更鼓之声。

③ 做得：落得。《调风月》三折："这厮短命，没前程，做得个轻人还自轻。"

④ 觑（qù）着：集中视力、瞄。孜孜：仔细专注的样子。

⑤ 无憀：无憀赖，指情感生活有所失落。

⑥ 云雨：喻男女欢会。事见宋玉《高唐赋序》。

⑦ 祝告：祈祷。句意为对天发誓。

　　敦煌文献中《十二时》组诗存十余篇,以十二时辰为序,以五言或七言为主,进行宗教教义的通俗宣传,内容多为劝善劝孝;亦有一组达百余首者,是不依数序的韵文。词体中之《十二时》始见于柳词,为长调,三叠,一百三十字。它与敦煌此调韵文全异,乃是依北宋新乐曲之声谱写的,因而在词学史上很有意义。

　　柳词抒写离情别绪,如果我们将它视为通俗歌词,则它是供女艺人唱的,当是代言体词。词的第一片描述秋夜的萧瑟凄凉,引起离愁。第二片描述梦境。为着"当时一句"的情语,便令她魂萦梦系,表现出对情义的重视,而那"一句"是不能为外人道的,只有他们才知道其分量。这是一个过渡段落,处理得自然而奇妙,连接前后两段词意。第三片抒写对爱情幸福的向往,表示了坚定的信心。全词的线索清晰:由"睡不成还起",致"万感并生",夜深梦见,醒来"独坐";因此情感的表达极有层次,词意圆满。此词可见出柳词是很讲究章法的,结构极为谨严。

尉 迟 杯

宠佳丽,算九衢、红粉皆难比①。天然嫩脸修蛾,不假施朱描翠②。盈盈秋水③。恣雅态、欲语先娇媚。每相逢、月夕花朝,自有怜才深意。 绸缪凤枕鸳被④。深深处、琼枝玉树相倚⑤。困极欢余,芙蓉帐暖,别是恼人情味。风流事、难逢双美⑥。况已断、香云为盟誓⑦。且相将、共乐平生,未肯轻分连理⑧。

① 九衢:四通八达的道路,此代都城。红粉:古代化妆品,此借指女子。

② 不假:不借助。施朱描翠:形容妇女化妆。朱,朱唇;翠,翠眉。

③ 盈盈:清澈的样子。秋水:喻女子眼波。

④ 绸缪:缠绵。

⑤ 琼枝玉树:喻姿貌秀美、才华超群的人物。此借喻女性美好的肢体。

⑥ 双美：理想的才子与佳人的相遇。

⑦ 香云：借喻女性头发。云，发黑如乌云。

⑧ 连理：连理枝，比喻相爱的夫妻。唐白居易《长恨歌》："在
　　天愿作比翼鸟，在地愿为连理枝。"

　　词人抒写他与歌妓的恋情。这位歌妓超然于风尘。
她的美质是天然的：嫩脸修蛾，盈盈秋水，娴雅，娇媚。
他们热烈相爱，女子剪一绺秀发为誓，永不分离。他们
相爱的基础是古代最理想的才子与佳人的结合，郎才女
貌最相匹配。这种理想在古代的现实婚姻关系中是不
易实现的，所以才有许多传奇故事的产生。中国唐宋时
期的歌妓固然因职业的需要而看重金钱，但同时很喜欢
结交文人才子，因为她们具有一定的艺术修养，希望得
到知音。柳永此词是写实的，表现了他困居京华时与歌
妓相爱的情形。这位歌妓不仅天生丽质，最难得的是
"自有怜才深意"，会深深爱上潦倒的词人。此词甚为
俚俗，却表达了唐宋时期才子佳人喜结良缘的美好理
想，其情感是热烈、真挚和感人的。如果离开了特定的

历史文化条件，我们很难认同其所反映的生活真实。清末张春帆在小说《九尾龟》第九回里说："古来教坊之盛，起于唐时，多有走马王孙、坠鞭公子，貂裘夜走，桃叶相迎；亦有一见倾心，终身互订，却又是红颜薄命，免不了月缺花残。如那霍小玉、杜十娘之类，都是女子痴情，男儿薄幸，文人才子，千古伤心。至现在上海的倌人（妓女），情是不安于室，就是席卷私逃。只听见妓女负心，不听见客人薄幸。那杜十娘、霍小玉一般的事，非但眼中不曾看见，并连耳中也不曾听见过来。"现在我们重读柳词尚见到：虽作者与歌妓都沦落京都，而有一种人生美好理想的追求，存在坚定的生活信念，它在千载之下犹有积极的精神。

集　贤　宾

小楼深巷狂游遍，罗绮成丛①。就中堪人属意②，最是虫虫。有画难描雅态，无花可比芳容。几回饮散良宵永，鸳衾暖、凤枕香浓。算得人间天上,惟有两心同。　　近来云雨忽西东,诮恼损情悰③。纵然偷期暗会,长是匆匆。争似和鸣偕老④,免教敛翠啼红⑤。眼前时、暂疏欢宴,盟言在、更莫忡忡⑥。待作真个宅院⑦,方信有初终。

① 罗绮:丝织品,借代美女。宋人苏轼《答陈述古》:"漫说山东第二州,罗绮丛中第一人。"

② 属意:心意所向。

③ 诮:词体常用字,相当于"完全"、"简直"。情悰:情怀。

④ 和鸣:鸣声相应,喻夫妻和谐。《左传》庄公二十二年:"是谓凤皇于飞,和鸣锵锵。"

⑤ 敛翠啼红:皱眉啼哭。翠,翠眉;红,红粉。

⑥ 忡忡:忧虑不安的样子。《诗经·召南·草虫》:"未见君子,忧心忡忡。"

⑦ 宅院:宅眷,妻子。

　　柳永在词集里写到的歌妓有秀香、英英、瑶卿、心娘、虫娘、佳娘、酥娘等,而与他情感最深的是虫娘。他曾描绘她卖艺时的形象:"虫娘举措皆温润,每到婆娑偏恃俊。香檀敲缓玉纤迟,画鼓声催莲步紧。贪为顾盼夸风韵,往往曲终情未尽。"(《木兰花》)可见她是一位温柔俊俏、色艺超群的女子。虫虫当是虫娘的昵称。柳永最初科举考试下第之后,仍怀着希望,曾安慰她说:"但愿我虫虫心下,把人看待,长似初相识。况渐逢春色,便有举场消息。待这回好好怜伊,更不轻离拆。"(《征部乐》)显然,柳永是在下第后落魄无聊的情形下得到虫虫爱情的,因而表示如果有了举场的好消息,一举成名,定不忘记报答她的恩情。这首《集贤宾》有如以词代书,向虫虫表白自己的真实情感,向她许下庄重的誓言,给她以安慰和希望。

词人坦率地在词的开始就承认对歌妓虫虫的真情实意。"小楼深巷"即指平康坊曲之所,歌妓们聚居之地。北宋都城开封"出朱雀门东壁,亦人家。东去大街麦秸巷、状元楼,余皆妓馆,至保康门街。其御街东朱雀门外,西通新门瓦子,以南杀猪巷,亦妓馆。以南东西两教坊"(《东京梦华录》卷二)。坊曲之中浓妆艳抹的歌妓甚众,但柳永却特别属意于虫虫。他由于真正同情和尊重她,因而能获得其爱情。词的上片追叙与虫虫的恋爱小史。这是过去的事了,现在他们的爱情出现了一些波折。下片便叙说现实中发生的事,恰当地表现了词人内心的复杂情感。他理解由于女艺人特殊的职业关系,奔走东西,几乎使他俩失去欢乐之趣。从与虫虫"偷期暗会,长是匆匆"的情形推测:柳永困居京都,已失去经济来源,与虫虫的聚会只能偷偷进行。由此使他希望与虫虫过一种鸾凤和鸣、白头偕老的正常夫妻生活。我们应该相信,柳永当时的许诺是真诚的,也是违反封建婚姻制度的。在宋代社会,像虫虫这样的贱民歌妓,是不可能与宦门子弟柳永结为正常配偶的。现实生活是多变而残酷的,事实上柳永后来考中了进士,踏入了仕途,客观条件已不容许他去实践向虫虫许下的诺言。在当时具体历史条件下,柳永敢于在作品中大胆表示与贱民歌妓结为配偶,这已是难能可贵的了。在此意义上,此词反映了北宋新兴市民思潮对柳永的积极影响,这在唐宋文人词中是甚为罕见的。

传 花 枝

　　平生自负①,风流才调。口儿里,道知张陈
赵②。唱新词,改难令③,总知颠倒。解刷扮④,
能唝嗽⑤,表里都峭⑥。每遇着、饮席歌筵,人
人尽道:可惜许老了⑦。　　阎罗大伯曾教
来⑧,道人生、但不须烦恼。遇良辰,当美景,追
欢买笑。剩活取百十年⑨,只恁厮好⑩。若限
满⑪、鬼使来追⑫,待倩个⑬、掩通著到⑭。

① 自负:自恃。

② 道:折白道字,将一个字拆开成一句话,宋元时代流行的一
　 种文字游戏。

③ 令:席间酒令游戏。

④ 解:懂得。刷扮:涂刷打扮,化妆。

⑤ 唝(bīn)嗽:吐出吮入,歌唱时的运气工夫。

⑥ 峭：同俏，美好。

⑦ 许：如此。

⑧ 阎罗：阎罗王，佛书中掌管地狱之主。

⑨ 剩：尽，多。

⑩ 斯好：相好。

⑪ 限满：死亡，人的寿命限期已到，大限已满。

⑫ 追：追捕。

⑬ 待：将，打算。倩：央请。

⑭ 掩通：看门守路之人。著到：报到。

　　柳永从事通俗歌词创作的时代，市民阶层对文学艺术的需要渐渐表现出来；所以他应是宋以来专业的通俗文学作者的前驱。《传花枝》正是都市通俗文学作者思想情感的写照，或准确地说它是柳永困居京都生活的总结。词以俚俗而泼辣的语言和游戏之笔，表现了通俗文学作者多才多艺，风流自负，老大落魄的境遇。作者以乐观放达的态度对待人生，具有不服老的精神。柳永长期留连坊曲，为歌妓写作新词，与烟花女子的关系颇为特殊。其鄙弃功名利禄,沉迷花酒,愤世嫉俗,是属于浪子式的病态的反传统思想的表现,它实际上表露的是封建社会下层知识分子的悲哀和他们对现实社会不满的偏激情绪。

在柳永之后不久,以北宋京都瓦市伎艺的出现为标志的中国市民文学兴起了,相应地出现了市民文学的作者——书会先生,或称书会才人。宋人的行业意识很强,各行各业都有自己的同业行会组织。书会是维护都市通俗文学专业作者利益的行会组织。它可以从伎艺演出中保证书会先生的经济收入,可以限制伎艺脚本的使用范围,有权编写或刻印各种脚本并确定价格。书会先生大都是科举考试失意的下层文人。他们长期流落于都市,习染都市下层的世俗生活;因仕途绝望而有愤世嫉俗的心情,对生活持放浪态度,最后由于经济的缘故与个人的兴趣爱好而选择了从事通俗文学创作的道路。柳永即是书会才人的先行者,其著名的《传花枝》则是中国文学史上第一篇通俗文学专业作者的宣言。它在思想上对以后的书会先生们产生了深远的影响。

南宋戏文《张协状元》引辞《水调歌头》，是一位书会先生的自我表白：

> 韶华催白发，光景改朱容。人生浮世，浑如萍梗逐西东。陌上争红斗紫，窗外莺啼燕语，花落满庭空。世态只如此，何用苦匆匆。　　但咱们，虽宦裔，总皆通。弹丝品竹，那堪咏月与嘲风。苦会插科使砌，何吝搽灰抹土，歌笑满堂中。一似长江千尺浪，别是一家风。

董解元《西厢记诸宫调》引辞是书会先生生活态度更为鲜明的表述：

> 这世为人，白甚不欢洽？秦楼谢馆鸳鸯幄，风流稍是有声价。教惺惺浪儿每都伏咱。不曾胡来，俏倬是生涯。携一壶儿酒，戴一枝儿花。醉时歌，狂时舞，醒时罢。每日价疏散不曾着家。放二四不拘束，尽人团剥。打拍不知个高下，谁曾惯唱他说他？好弱高低且按捺。

元代著名戏曲家关汉卿在套曲【南吕】《一枝花·

不伏老》里也有类似的表述,结尾云:

> 你便是落了我牙,歪了我口,瘸了我腿,折了我
> 手,天与我这般儿歹症候,尚兀自不肯休。只除是
> 阎王亲令唤,神鬼自来勾,三魂归地府,七魄丧冥
> 幽,那其间才不向烟花路儿上走。

这些通俗文学的作者都明显地受了柳永浪子式生
活态度的感染,他们的这些作品亦明显地与《传花枝》
的思想情调基本一致。他们都是封建社会后期出现的
新型文人,以病态的方式反传统思想和反现实,终究是
可悲的;然而在他们的自嘲与玩世之下,却又存在着一
种对艺术和生命的执著精神。

羁旅之词

在《传花枝》里,柳永以流连坊曲的风流才子自负,却不得不承认:"每遇着饮席歌筵,人人尽道,可惜许老了。"这已流露出穷途与迟暮之感。作为民间专业的词人,是藉创作通俗歌词以得到微薄的经济收入的。柳永经过数载的专业创作,艺术上卓有成就,深受市民群众的欢迎和歌妓的鼓励,但民间新声和民众审美趣味都是不断变化的。词人自觉渐与新的文化要求不相适应,创作灵感趋于枯竭,尤其是对京都的繁华与坊曲的势利感到厌倦,如他在《郭郎儿近拍》里所表述的那样:

> 帝里。闲居小曲深坊,庭院沉沉朱户闭。新霁。畏景天气。薰风帘幕无人,永昼厌厌如度

岁。　　愁悴。枕簟微凉,睡久辗转慵起。砚席尘生,新诗小阕,等闲尽废。这些儿、寂寞情怀,何事新来常恁地?

词人居住在京都坊曲深感厌烦无聊,既不作新诗,亦不写小词,愁苦慵倦。如果他继续这样下去,不仅政治上毫无出路,而且会使文学才华衰退,终将落到江郎才尽的不幸地步。柳永在科举考试失败之际,情绪愤激,说过许多鄙视功名利禄的话,而实际上又特别看重它;所以当面临人生道路的歧途时,能自觉地意识到困境并重新调整人生设计方案。自从考试被仁宗皇帝于临轩放榜黜落之后,柳永眼见断绝了科举入仕之路,只得另辟新的途径。大约在仁宗天圣五年(1027),柳永四十岁时,他毅然决定离开京都,漫游江南,进行干谒活动,求得某些达官贵人的赏识,以期能改变个人的命运。水乡秀丽的景色,南方富庶的都会,埠头道路的商旅,山村野店的酒旗,广阔社会的生活,这势必使词人扩大创作视野,唤来新的灵感,寻求新的艺术表现方式,促使创作的变化与成熟。

　　柳永漫游江南，脚迹到过江淮、吴越和湖湘等地。淮河南岸一些地区，古代属楚国，故称淮楚。"淮楚，旷望极"（《过涧歇》），"长川波潋滟，楚乡淮岸"（《安公子》），"淮岸，向晓，圆荷向背，芙蓉深浅"（《河传》），这些是柳永从京都开封经水路入淮河向江南而去时作的。他的目标是古代的吴越之地："任越水吴山，似屏如障堪游玩"（《凤衔杯》），"羁旅，渐入三吴风景，水村渔市"（《洞仙歌》），"渡万壑千岩，越溪深处"（《夜半乐》）。他还远到湖湘等处，如词中所述："楚天阔，望中未晓"（《轮台子》），"九嶷山畔，才雨过，斑竹作血痕添色"（《轮台子》）。在金陵（南京）、苏州、杭州等都会，柳永滞留干谒，为这些都会的太守作过一些谀颂之词，例如在苏州作《永遇乐》（天阁英游），在金陵作《木兰花慢》（古繁华茂苑）和《瑞鹧鸪》（吴会风流），在杭州作《望海潮》（东南形胜）。我们如果合观这些作品，它们已经形成思维定势和固定结构，即描述地理位置的重要，都市的繁华，风物的秀丽，社会的安定，太守的治化和他即将受到朝廷的嘉奖，召回京都委以重任，留下遗

爱。《永遇乐》则恭维苏州太守受国家之重托,出镇一方,治绩显著:

> 天阁英游,内朝密侍,当世荣遇。汉守分麾,尧庭请瑞,方面凭心膂。风驰千骑,云拥双旌,向晓洞开严署。拥朱幡、喜色欢声,处处竞歌来暮。
>
> 吴王旧国,今古江山秀异,人烟繁富。甘雨车行,仁风扇动,雅称安黎庶。棠郊成政,槐府登贤,非久定须归去。且乘闲、孙阁长开,融尊盛举。

这纯属谀颂的应酬之作。柳永却在此类作品中意外地留下了传世名篇《望海潮》。它的价值因描绘了杭州的富庶和西湖的山光水色,令人产生关于江南之美的丰富想象而超越了谀颂的局限。这些词在一定程度上反映了江南地区经济的繁荣,人烟稠密,风物佳丽和地方政府的图治,它们正是北宋王朝太平盛世的具体表现,是具有一定社会真实性的。柳永又不自觉地成了盛世的歌手。当他到一个新的都市作词以颂地方长官,如果因而得到赏识,是会得到经济资助的,或者还可以成为府署的幕士。可惜柳永以词知名,却并无政治才干,谀颂干谒的结果虽然得到一些经济资助,而并未由此寻觅到一个较好的政治前程。他痛苦地感到:"干名利禄终无益,念岁岁间阻,迢迢紫陌。"(《轮台子》)这令他非常失望。

在漫游江南时,柳永是否回到过故乡福建建州?他有《早梅芳》词是歌颂故乡太守的:

> 海霞红,山烟翠。故都风景繁华地,谯门画戟,下临万井,金碧楼台相倚。芰荷浦溆,杨柳汀洲,映虹桥倒影,兰舟飞棹,游人聚散,一片湖光里。　　汉元侯,自从破虏征蛮,峻陟枢庭贵。筹帷厌久,盛年昼锦,归来吾乡我里。铃斋少讼,宴馆多欢,未周星,便恐皇家,图任勋贤,又作登庸计。

如果我们将此词理解为干谒之作,则柳永是回到了故乡的。如果将它理解为酬赠之作,为帅守出镇乡邦,则当是在京都送人作的,可惜别无佐证。柳永还有一首《一寸金》描述西蜀成都风物:

　　井络天开，剑岭云横控西夏。地胜异，锦里风流，蚕市繁华，簇簇歌台舞榭。雅俗多游赏，轻裘俊、靓妆艳冶。当春昼、摸石江边，浣花溪畔景如画。　　梦应三刀，桥名万里，中和政多暇。仗汉节、揽辔澄清，高掩武侯勋业，文翁风化。台鼎须贤久，方镇静、又思命驾。空遗爱、两蜀三川，异日成嘉话。

据此或以为柳永到过四川成都，在如画的浣花溪畔度过春天，还见到过热闹的蚕市。我们细读此词，可断定它是柳永晚年庆贺某守帅自蜀中调入京都而作，故以诸葛亮治蜀和文翁兴学誉之。北宋初年乐史著有《太平寰宇记》二百卷，今存一九三卷，记有各地风物事典。柳永使用这类地理书，罗列事典以炫博。词中所用事典，乃是有关成都的熟典。自唐代安史之乱后，诗人纷纷入蜀，成都风物常见于吟咏，如剑岭、锦里、浣花溪、万里桥、武侯祠等即见于杜甫之诗，它们对于稍熟杜诗者并不陌生。"梦应三刀"乃用《晋书》卷四十二王濬事。他梦见三刀悬于屋梁，又益一刀，而为迁益州刺史之兆。此亦熟典。关于蚕市，这在北宋经济繁荣、商业发展的情形下,成都的蚕市和药市在国内已是知名的。柳词涉及成都风物与事典,不一定必须身临其境才能写出,它们对于熟谙掌故的作者来说是应该知道的。此词中并无柳永到过成都的线索,如果他真的曾入蜀,必然还有关于秦岭及三峡等的描写线索,可惜这在具体作品中无法找到。他的《离别难》有"望断处,杳杳巫峰十二",此是以巫山神女借指某歌妓,并非作者到过其地。从可考的柳永生平行迹来看,他不可能也无必要去西蜀。

宋人严有翼说:"柳之乐章,人多称之,然大概非羁旅穷愁之词,则闺门淫媟之语。"(《苕溪渔隐丛话》后集卷三十九引)这是对柳词给予贬义的批评。南宋时陈振孙说:"其词格固不高,而音律谐婉,语意妥帖,承平气象,形容曲尽,尤工于羁旅行役。"(《直斋书录解题》卷二十一)这对柳词于基本否定之中又有所称许。他们都持雅词的观念批评柳词,但严氏承认柳永羁旅行役之词的社会影响,陈氏则以它为最成功之作。总之,柳永的羁旅行役之词是为宋词开拓了新的题材与新的意境,无论后世崇尚典雅的词学家怎样指摘柳永,都不得不承认此类词的创新意义与艺术造诣。这正是柳永漫游江南时期文学创作的可喜收获,为我们留下了许多名篇。

在词史上柳永首次以长调细致生动地描述了羁旅行役的情况。古人赶行路程总是"未晚先投宿,鸡鸣早看天",贪早摸黑,十分辛苦。词人描述早行:

> 一枕清宵好梦,可惜被邻鸡唤觉。匆匆策马登途,满目淡烟衰草。前驱风触鸣珂,过霜林、渐觉惊栖鸟。冒征程远况,自古凄凉长安道。行行又历孤村,楚天阔,望中未晓。(《轮台子》)

> 别岸扁舟三两只,葭苇萧萧风淅淅。沙汀宿雁破烟飞,溪桥残月和霜白。渐渐分曙色。(《归朝欢》)

词人描述日暮投宿:

> 暮雨乍歇,小楫夜泊。宿苇村山驿。何人月下临风处,起一声羌笛。(《倾杯》)

> 行侵夜色,又是急桨投村店。认去程将近,舟

子相呼,遥指渔灯一点。(《安公子》)

古代诗歌自《诗经》至唐诗皆有行旅的题材。柳词着重描述了江南水乡的行旅,以长短句的词体,选择了新鲜的意象,具体地表现行旅的辛劳而又有浓郁的诗情画意,为此题材开辟了新的艺术境界,几乎使后来的词人难乎为继,所以最刻薄的批评者亦不得不赞赏这些词的独特与工致。这些词的语言是流畅平易的白话,而又经过文学提炼,雅俗共赏。自从北宋市民社会形成之后,地方经济活跃,许多集镇和草市贸易发展起来,商贩往来,熙熙攘攘。如柳永在江南水乡所见的情形:

……更闻商旅相呼,片帆高举,泛画鹢、翩翩过南浦。望中酒旆闪闪,一簇烟村,数行霜树。残日下、渔人鸣榔归去。败荷零落,衰杨掩映,岸边两两三三,浣纱游女。避行客,含羞笑相语。(《夜半乐》)

这是江南的冬日,郊野水乡尚出现商贩、船舟、酒店、村落、渔人、行客、游女的热闹场面。因为经济活跃,从事商贩的人增多。他们也曾有羁旅行役的生活感受,而柳永却以歌词的形式将它表达出来了,因而它同那些表达市民思想情感的代言体词一样,在社会上广为流行,以致出现"凡有井水饮处,即能歌柳词"(《避暑录话》卷下)的盛况。

柳永的羁旅行役之词通常是上阕写景,下阕抒情。上阕铺写行旅的特定环境,着力描绘景色,备述旅途情况,以白描的手法表现长途跋涉的辛劳。下阕抒写行旅的感受,例如:

> 念劳生,惜芳年壮岁,离多欢少。叹断梗难停,暮云渐杳。但黯黯魂消,寸肠凭谁表?(《轮台子》)

> 一望乡关烟水隔,转觉归心生羽翼。愁云恨雨两牵萦,新春残腊相催迫。岁华都瞬息。(《归朝欢》)

这些词抒写了旅途的寂寞,萦牵的离情,游子的思乡,光阴的虚度。作者或采取情景交互的结构,如《安公子》上阕描述楚乡淮岸的景色,接着抒写"行役心情厌"的意绪,下阕又继续写旅途景色及投宿情形。《阳台路》则景与情杂写,如下阕:"此际空劳回首,望帝里难收泪眼。暮烟衰草,算暗锁、路歧无限。今宵又依前寄宿,甚处苇村山馆。"可见柳词的结构,于单一中又时有变化,但作者总是即景生情,融情入景,常常达到情景交融的佳境。在处理时空关系方面,尤见作者的高超。他每每一首词或写早行,或写晚宿,或写山村,或写水乡,时间和空间非常集中,于是在由时空而形成特定的环境中,景与情逐层展开,因此造成集中突出的艺术效果,产生强烈的感染作用。近世词学家蔡桢说:

> 柳词胜处在气骨,不在字面。其写景处,远胜其抒情处,而章法大开大合,为后起清真(周邦彦)、梦窗(吴文英)诸家所取法,信为创调名家。如《玉蝴蝶》(望处雨收云断)、《夜半乐》(冻云暗淡天气)、《安公子》(远岸收残雨)、《倾杯乐》(木落霜洲)、《卜算子慢》(江枫渐老)、《甘州》(对潇潇暮雨洒江天)诸阕,写羁旅行役中秋景,均穷极工巧。(《柯亭词论》)

这里所举柳词名篇都作于词人漫游江南时,它们在争奇斗艳的宋词中无疑是典范之作。

京都的民间歌妓心娘、酥娘、佳娘、英英、瑶卿,特别是虫虫,她们与柳永都保持着很亲密的友情或恋爱关系。当柳永决定漫游江南时,都市的繁华,京郊的美景,豪侈的生活,幽静的坊曲,都可以舍弃,惟有相知的女艺人们令他难以割舍而魂牵梦萦。京都十年的红尘里,只有这些异性知音以浅斟低唱给予他人生失意时的安慰,然而为了自己的前程却又不得不与她们分离。柳永因旅途的劳顿与江湖的孤寂,在羁旅行役之词里常常抒写对京都恋人的相思,例如"展转翻成无寐,因此伤行役。思念多媚多娇,咫尺千山隔。都为深情密爱,不忍轻离拆"(《六幺令》);"为忆芳容别后,水遥山远,何计凭鳞翼? 想绣阁深沉,争知憔悴损、天涯行客。楚峡云归,高阳人散,寂寞狂踪迹。望京国,空目断、远峰凝碧"(《倾杯》)。我们可以说,此种情结是柳永漫游江南时期最主要最痛苦的情绪。所以他除了在羁旅行役之词里流露出此种情绪之外,还创作了许多以思念京都歌妓为主旨的离情别绪之作。

柳永离京之时与恋人的分别,犹如拆散鸳鸯,难分难舍,缠绵悱恻,而又深感前途未卜,后会无期。在这种悲咽的情绪下,他创作了精美的千古绝唱《雨霖铃》。它将饯别的场面描写得特别真切,隐去了具体抒情对象,于是超越了个人离情范围而获得了更为广阔的意义,历来为人们广泛传唱。此后他漫游江南,常常在词里抒写离别的痛苦相思,或者追忆昔日的幸福欢乐。因词人曾以代言体通俗歌词的第一人称成功地直抒胸臆,深刻地剖白抒情主体的内心世界;现在以主体自我抒情方式表述离情别绪,更是驾轻就熟,取得了巨大的成功。在这类词里,现实的背景已被淡化,仅偶然有一两笔写景;或者完全无背景,只将心灵的感受直接倾泻出来。如抒写现实的痛苦相思:

算到头,谁与伸剖?向道我别来,为伊牵系,度岁经年,偷眼觑、也不忍觑花柳。可惜恁,好景良宵,未曾略展双眉暂开口。(《倾杯乐》)

空床展转重追想,云雨梦、任欹枕难继。寸心

万绪,咫尺千里。好景良天,彼此空有相怜意,无有相怜计。(《婆罗门令》)

拟把疏狂图一醉。对酒当歌,强乐还无味。衣带渐宽终不悔,为伊消得人憔悴。(《凤栖梧》)

如追忆昔日的幸福欢乐:

再三追思,洞房深处,几度饮散歌阑。香暖鸳鸯被,岂暂时疏散,费伊心力。殢云尤雨,有万般千种,相怜相惜。(《浪淘沙》)

如削肌肤红玉莹,举措有许多端正。二年三岁同鸳寝,表温柔心性。(《红窗听》)

别来最苦,襟袖依约,尚有余香。算得伊、鸳衾凤枕,夜永争不思量。牵情处,惟有临歧,一句难忘。(《彩云归》)

词人表达离情别绪以第一人称叙述方式,采用线型结构,以时间为线索,从现时到往日作今昔鲜明的对比,表现现实的相思之苦,追溯昔日的欢乐,向往未来的团聚,期盼重温旧梦,从而又加深现实的情绪,收到极好的艺术效果。从这些词里，可以看出词人对于爱情的态度是执著追求的，离情别绪已成为刻骨铭心的思念。我们综观柳永与歌妓的关系，以及这种关系的必然无结果，可能指摘作者没有从一而终的坚贞品格，以致影响对其词的评价。其实柳永的时代市民思想已渐渐成为社会的一种思潮，他是接受了市民阶层对两性情感所采取的现实态度的。在情感与婚姻问题上中国传统道德观念是主张情感专一和圆满结局的。这是一种美好的理想，它实际上是违背人性的，而且基本上是不可能的。有的家庭虽然夫妻偕老白头，从一而终，实际上真正的两性爱情早已死亡，仅存形式而已。"情变"在封建社会后期，即北宋以来已渐渐为市民文学的作者——书会先生们所重视。他们在话本、戏文和讲唱文学里虽然努力强调"大团圆"的结局，但这正反映了两性情感在社会现实中的不断变化及脆弱。所以爱情的忠贞只能是在特定的时间内存在，并以主体对爱情的承诺为判断的。柳永正体现了市民的新观念。我们千载之下读其词，仍能为其真情实感引起共鸣。宋人杨湜的《古今词话》记述柳永死后,"京西妓者,鸠钱葬于枣阳县花山。……其后遇清明日,游人多狎饮坟墓之侧,谓之吊柳七"。南宋祝穆《方舆胜览》卷十一则云:"群妓合金葬于南门外,每春上冢谓之吊柳七。"明代冯梦龙的《古今小说》据以编写为《众名姬春风吊柳七》。这些固属于传说,不足为信,但真实反映了宋以来的民众对这位风流才子的接纳,同时也体现了某种反传统文化观念的滋生。

六年漫游江南,词人试图改变个人的命运而毫无结果,却使他在艺术上日益精进。这段时期正是他的"芳年壮岁",在思想和艺术走向成熟的时候,是第二个丰收季节。此期作品不仅数量众多,而且产生了像《雨霖铃》、《凤栖梧》、《浪淘沙》、《夜半乐》、《倾杯》、《望海潮》、《双声子》、《轮台子》、《归朝欢》、《玉蝴蝶》、《安公子》和《八声甘州》等宋词名篇,受到词坛和词学界的好评。柳永此期以羁旅行役之词具有独创的艺术特色,而离情别绪之作亦达到了新的境界。此期柳词的思想倾向是对求取名利的失望,追忆早年的青春欢乐,在比较人生的得失之后产生遗憾;进取的精神与狂放的豪情渐渐消失,流露出穷途的悲哀与岁月的迟暮。在艺术倾向方面,柳词明显地呈现由俗到雅的转化,寻求到白话文学雅俗共赏的形式——白话雅词;长调创作艺术走向成熟,作品体现了法度与变化,从而形成了自己的艺术风格。这是柳永创作的第二个高峰。

柳永一生总是与歌妓结下难解的因缘。在他漫游江南、羁旅行役、人生道路坎坷之时,仍留传着他与歌妓的遗事。

关于柳永作《望海潮》词谒孙何事,最早见于宋人杨湜的《古今词话》:

> 柳耆卿与孙相何为布衣交。孙知杭州,门禁甚严。耆卿欲见之,不得,作《望海潮》词,往谒名妓楚楚曰:"欲见孙相公,恨无门路。若因府会,愿借朱唇歌于孙相公之前。若问谁为此词,但说柳七。"中秋府会,楚楚宛转歌之,孙即日迎耆卿预坐。(《岁时广记》卷三十一引)

此后宋人及明人杂书多引述此事。此词显然是为杭州某守帅作,但却不是为拜谒孙何而作的。孙何字汉公,太宗淳化三年(992)进士,卒于真宗景德元年(1004),年四十四岁。卒前两三年曾为两浙转运使。孙何卒时,柳永年仅十七岁;孙何任两浙转运使时,柳永约十五岁。从孙何的仕历来看,他并未任过宰相。因此杨湜所记柳永拜谒孙何之事是不可信的。孙何在杭州时,柳永根本不可能去拜谒他,当时柳永还在家乡福建崇安县读书。从柳永生平事迹推测,这首《望海潮》是他漫游江南时拜谒杭州守帅而作,因歌妓楚楚的关系使此词得进。这反映了柳永落魄的情况,也说明他与官妓的亲密关系,能得到她们的相助。

宋人罗烨《醉翁谈录》丙集卷二记述了柳永在金陵的一段轶事:

> 耆卿尝与友人张生者,游金陵妓宝宝之家,得累日。张慕宝宝之姿色,尤为眷眷。又岂知宝宝中心自属意于豪家一子弟,有薄张生之意。柳知之,不欲语张,张不之觉。一日再同宴于宝宝之家,值豪家子在焉。宝宝密藏于私室,同张饮酒。数行,

宝宝佯醉,而就寝焉,候往,则媚豪家之子。柳戏谓张曰:"昔闻何仙姑独居于仙机岩,曹国舅一日来访,谈论玄妙。方款间,吕洞宾自岩飞剑驾云而上,国舅遥见之,谓仙姑曰:'洞宾将至矣,吾与仙姑同坐于此,恐见疑,今欲避之而不可得。'仙姑笑谓曰:'吾变汝为丹吞之。'及洞宾至,坐话未几,而钟离与蓝采和跨鹤冉冉从空而来。仙姑笑谓洞宾曰:'当速化我为丹而吞之,无为师长所见。'洞宾变仙姑而吞之,方毕,钟离皆已至。采和谓洞宾曰:'何为独坐于此?'洞宾曰:'吾适走尘寰,方就此憩息。'采和曰:'无戏我也。你独憩于此,肚中自有仙姑,何不使出见我?'顷之,仙姑果出。钟离笑谓采和曰:'你道洞宾肚中有仙姑,你不知仙姑肚里更有一人。'"张悟柳之咨,携柳而出。柳戏书小词于壁上而后退。

柳永漫游江南时的确到过金陵,但罗氏所记当属传闻轶事。如果确有此事,则可见词人已非初到京都时的风流才子,愿去千金买笑,相信歌妓们的山盟海誓了。他已熟谙妓家以色艺诈取钱财的计谋，已看透她们送往迎来、虚假应酬的职业积习，已能理智地看待花前月下的种种儿女情态了。这表明，他对人生和社会渐渐有了深入的认识，在思想上趋于成熟，并可巧妙地应付风月情场上的事情了。

北宋仁宗明道二年（1033），柳永已四十六岁。这时他发觉企图以干谒求得政治前程已不可能，后半生的道路甚为杳茫，这有如徘徊于十字歧途，何去何从，有待认真的考虑。最后，他决定还是走科举入仕的道路。这样他又一次以举子的身份前去京都应试。这是词人人生道路上又一个重大选择，真正给他带来了命运的转机。

雨　霖　铃

寒蝉凄切。对长亭晚①，骤雨初歇②。都门帐饮无绪③，留恋处、兰舟催发④。执手相看泪眼，竟无语凝噎⑤。念去去、千里烟波，暮霭沉沉楚天阔⑥。　　多情自古伤离别。更那堪、冷落清秋节。今宵酒醒何处?杨柳岸、晓风残月。此去经年⑦,应是良辰好景虚设⑧。便纵有、千种风情⑨,更与何人说?

① 长亭:古时于道旁五里置短亭,十里置长亭,供行人休憩及饯别。

② 骤雨:阵雨。初歇:刚停止。

③ 都门:京都城门。帐饮:古人送别,设帐于城郊或路旁亭内,宴饮饯别。《晋书·石崇传》:"崇有别馆在河阳之金谷,一名梓泽,送者倾都,帐饮于此焉。"

④ 兰舟:木兰舟,船的美称。

⑤ 凝噎:气闷,咽喉堵塞。

⑥ 暮霭(ǎi):日暮云气。楚天:战国时江南一带为楚地,因泛指江南。

⑦ 经年:年复一年,或时过一年。

⑧ 虚设:徒然设置。

⑨ 风情:风月之情,指男女相爱之情。五代南唐李后主《赐宫

人庆奴》:"风情渐老见春羞,到处消魂感旧游。"

　　人生过程中最感人的是悲欢离合。此词即抒写离情,直接描述饯别时一对情人分离时的痛苦场景。离别的时间是在秋日的黄昏,情侣的依恋,舟子的催促,使情景尤显悲凉。相别之后,他们两情会如初吗? 还有重逢之期吗? 这皆难以逆料,或许便是此生之诀别,因而是流泪眼观流泪人,执手牵衣,无语凝噎。词的下阕不是抒写别后相思,而是抒写主体离别时的真实感受,似对女子的留别情语。于是全词的时间与地点都高度集中,所叙之场面、离情与相思之意融为一体,造成强烈的艺术效果。作者虽然省略了抒情主体及抒情对象的情况,只是集中表现离别场面,它相对地是抒情主体恋爱过程中的一个完整的片段,从开端到结尾已语意俱足了。

　　此词是精纯的白话文学语言,流美、通俗、自然。在情感的表达方面尽量铺叙而又含蓄能留,婉约缠绵却又不艳不俚。在结构方面是点型结构,融情、景、事于一体,而层次分明,甚为合理,自具独特的章法。因此,此词既为风雅的文人所欣赏,亦在瓦市民间广泛传唱,成为雅俗共赏的宋词名篇。古代评论家很强调一篇作品除了整体艺术水平要高而外,还须有可以流传的名句,即所谓"篇中有句"。这首柳词中的"今宵酒醒何处?杨柳岸、晓风残月",乃是传唱千古的名句。它形象鲜明,意境凄凉,使后来许多画家皆以之入画;它又诗意丰富,表现了一种潇洒豪放的人生态度,随遇而安,追求着自然之美:全词因此大为生色。古代和近世的词学家们多对柳词的俚俗浮艳表示深恶痛绝,独于此词特为赞赏。明代李攀龙说:"'千里烟波',惜别之情已骋;'千种风情',相期之愿已赊。真所谓善传情者。"(《草堂诗余隽》)清代黄蓼园说:"送别词,清和朗畅,语不求奇,而意致绵密,自尔稳惬。"(《蓼园词评》)此词因之被誉为柳词中的"精金粹玉"。在宋词史上抒写离情的作品,大约只有秦观的《满庭芳》与周邦彦的《兰陵王》可与之媲美;而后者在结构与表现上,都明显受了柳词的启示。

宋人俞文豹《吹剑录》记述一则词话："东坡在玉堂,有幕士善歌,因问:'我词何如柳七?'对曰:'柳郎中词,只合十七八女郎,执红牙板,歌杨柳岸晓风残月。学士词须关西大汉铜琵琶、铁绰板唱大江东去。'东坡为之绝倒。"自此柳永的《雨霖铃》和苏轼的《念奴娇》成为宋词婉约与豪放两大风格类型的代表。明人王世贞以为能理解这则词话的含义,即能认识"词家三昧"。

倾 杯 乐

皓月初圆①,暮云飘散,分明夜色如晴昼。渐消尽、醺醺残酒②。危阁迥③、凉生襟袖。追旧事、一饷凭阑久。如何媚容艳态,抵死孤欢偶④。朝思暮想,自家空恁添清瘦。   算到头,谁与伸剖⑤?向道我别来⑥,为伊牵系,度岁经年,偷眼觑、也不忍觑花柳⑦。可惜恁、好景良宵,未曾略展双眉暂开口。问甚时与你,

深怜痛惜还依旧？

① 皓：光亮洁白。

② 醺醺：酣醉的样子。

③ 危阁：高阁。迥：高。

④ 抵死：终究。孤：同辜，辜负。

⑤ 伸剖：伸诉，表白。

⑥ 向道：对（某人）说。

⑦ 花柳：指妓院。唐人段成式《酉阳杂俎》卷十二：“某少年常结豪族为花柳之游，竟畜亡命，访城中名姬，如蝇袭膻，无不获者。”后谓妓院所在为花街柳巷。

词诉说离别相思，好似以词代书。月夜酒醒，倍感孤独，追念往事，由此表述相思之意，坚信情感的专一与诚挚。抒情主体想念的是“媚容艳态”，盼望的是“深怜痛惜”，珍惜的是“好景良宵”。这似乎是仅仅追求两性的欢爱而言不及情，但它却是爱情的基础和最真实的情，正体现了新兴市民的人本思潮。宋代书会先生在话本《刎颈鸳鸯会》入话引诗云：

> 眼意心期卒未休，暗中终拟约秦楼。光阴负我
> 难相偶，情绪牵人不自由。遥夜定怜香蔽膝，闷时
> 应弄玉搔头。樱桃花谢梨花发，肠断青春两处愁。

书会先生解释说："单说着'情'、'色'二字。此二字，乃
一体一用也。故色绚于目，情感于心；情色相生，心目相
视。虽亘古迄今，仁人君子，弗能忘之。"这正确地说明
了"情"与"色"的关系。因此，柳词所表达的貌是"色"
而实为"情"，只是未将它加以妆饰而已，故常常被指摘
为"淫冶讴歌之曲"。

我们也可将此词视为应歌之词，表达男性的离情和
对性爱的向往。其所述之环境与意念是具体的，而又有
较为广泛的适应性。这正把握了通俗歌词创作的特点，
所以柳词会受到社会民众的广泛欢迎。

婆 罗 门 令

昨宵里，恁和衣睡①。今宵里，又恁和衣

睡。小饮归来,初更过②,醺醺醉。中夜后③,何事还惊起？霜天冷,风细细;触疏窗④,闪闪灯摇曳⑤。　　空床展转重追想,云雨梦⑥,任敧枕难继。寸心万绪,咫尺千里⑦。好景良天,彼此空有相怜意,未有相怜计⑧。

① 和衣：穿着衣服。

② 初更：入夜不久。古代夜间报时,击更鼓为号,一夜分为五更。

③ 中夜：半夜。

④ 疏窗：雕饰花格的窗子。

⑤ 摇曳：晃荡。

⑥ 云雨梦：喻两性欢爱。

⑦ 咫尺：古代八寸为咫,以喻距离很近。

⑧ 计：计谋,办法。

以儒家思想为基础的社会伦理道德规范在宋代有所加强,同时新兴的市民阶层则对传统思想表示偏离与破坏。这种情况首先在家庭婚姻方面敏感地表现出来，市民们不愿受儒家礼法的约束，他们争取自由恋爱，追求建立以爱情为基础的家庭婚姻关系。然而这又是为封建婚姻制度所不容许的，不具社会的合法性，因此市井青年男女陷于矛盾的处境，但仍为争取个人的幸福而进行着斗争。柳永在北宋初年最善于表达市民的这种进步的思想意识。此词所述的主体应是市井青年男子，他与一位女子热恋，而诸种社会因素给他们造成层层障碍，以致情绪无聊和苦闷。他连续两夜都和衣而卧，小饮而大醉，半夜惊醒更觉凄凉与孤独，真是辗转反侧，难以入眠。令其困扰不安的是渴求性爱的欢乐，却又无法在现实中得到满足。这是个人自然本性的情欲受到社会条件制约而产生的矛盾，能否摆脱社会条件的制约而取得胜利，正足以体现个人的力量。柳词中所表现的是："彼此空有相怜意，未有相怜计。"他没有能力实现情欲的愿望，这是因为他们可能缺乏斗争的经验，亦因具体环境的恶劣，封建黑暗势力过于强大了。大致中国古代士人与民众都是处于矛盾困苦的心理状态之中,自然人性受到严重的禁锢与压抑。柳词这两句应是宋词名句,精警而深刻,是千古有情人的深沉叹息。北宋中期欧阳修收集了许多市井传唱的通俗歌词,编在其《醉翁琴趣外篇》里,其中有一首《醉蓬莱》词:

> 见羞容敛翠,嫩脸匀红,素腰袅娜。红药阑边,恼不教伊过。半掩娇羞,语声低颤,问道有人知么?强整罗裙,偷回波眼,伴行伴坐。　　更问假如,事还成后,乱了云鬟,被娘猜破。我且归家,你而今休呵。更为娘行,有些针线,诮未曾收啰。却待更阑,庭花影下,重来则个。

这两位市井男女胆大心细,富于计谋,争取到自由恋爱的幸福。我们如果将柳词同此词比较,则一是失败的例子,一是成功的例子。它们都可说明,当时的社会仍较为自由,人们在努力创造条件去获取自身的幸福。这些小人物的个体生命意识觉醒了,中国黑暗的封建社会也因此透露出一线光明。

凤 栖 梧

伫立危楼风细细①。望极春愁②，黯黯生天际。草色烟光残照里③，无言谁会凭阑意。

拟把疏狂图一醉④。对酒当歌，强乐还无味。衣带渐宽终不悔⑤，为伊消得人憔悴。

① 伫立：长时间站立。危楼：高楼。

② 望极：极目远眺。

③ 残照：夕阳。

④ 疏狂：狂放不羁。

⑤ 衣带渐宽：喻身体渐渐消瘦。《古诗十九首·行行重行行》："相去日已远，衣带日已缓。"

离别相思之意以含蕴方式表达，由境生情，逐渐发挥，至结尾而臻于极致。唐人元稹《会真记》引崔莺莺诗云："自从消瘦减容光，万转千回赖下床。不为旁人羞不起，为郎憔悴却羞郎。"表述了女子相思憔悴之苦。

此词则表述抒情主体对爱情的执着追求，即使形体消瘦、容颜憔悴，也在所不顾，其态度之诚挚足以感人。它比莺莺诗更为精炼，因而成为宋词名篇，其含义亦被扩展。近世王国维先生于《人间词话》云：

> 古今成大事业、大学问者，必经过三种之境界："昨夜西风凋碧树。独上高楼，望尽天涯路。"此第一境也。"衣带渐宽终不悔，为伊消得人憔悴。"此第二境也。"众里寻他千百度，蓦然回首，那人却在，灯火阑珊处。"此第三境也。此等语非大词人不能道。

此以宋词名句形象地说明事业与学问的成就须经历的三种境界。第一境界是凭高眺远，四顾茫茫，孤独寂寞，却不断地观望寻觅。第二境界是刻骨铭心地追求，废寝忘餐，消瘦痛苦，不惜努力付出。第三境界是上下求索，百转千回，终于在偶然间发现真理。这是王国维治学过程中的体验，他将词人晏殊、柳永和辛弃疾的词句拈出，通过形象作哲理性的联想；这远比枯涩的哲学语言更易让人接受,而且更有广阔深远的启发意义。这三种境界,已远离了词之原意,超越了爱情的范围;但新的组合,又可被理解为是情感追求过程中所必须经历的三种境界。

昼　夜　乐

　　洞房记得初相遇①。便只合、长相聚。何期小会幽欢,变作离情别绪。况值阑珊春色暮②。对满目、乱花狂絮。直恐好风光③,尽随伊归去④。　　　一场寂寞凭谁诉。算前言、总轻负。早知恁地难拚⑤,悔不当时留住。其奈风流端正外⑥,更别有、系人心处。一日不思量,也攒眉千度⑦。

① 洞房:深邃的内室。《楚辞·招魂》:"娲容修态,组洞房些。"

② 阑珊:将残,将尽。

③ 直恐：只恐。

④ 伊：第三人称代词，此指"乱花狂絮"。

⑤ 恁地：如此地。拚：舍弃。

⑥ 其奈：岂奈，怎奈何。

⑦ 攒眉：皱眉，表示忧愁哀伤。

　　我国传统诗词写闺情题材的极多。柳永这首通俗歌词却是写普通市井妇女的闺情，着重表现她的悔恨，在这类题材中可谓别开生面。

　　词以抒情女主人公的语气叙述其一段短暂而难忘的爱情。她从头到尾絮絮诉说无尽的懊悔。作者善于使用民间通俗文学的叙述方法，以追忆的方式从故事的开头说起。歌词有特殊的要求，因而省略了许多枝节，直接写她与情人的初次相会。初遇即"幽欢"，正表现了市民恋爱直截而大胆的特点，不需要经历公子小姐于后花园相约相会的漫长过程。她按照理想的爱情观念认定：他们以情理而论都应"长相聚"的。事实上这种爱情在封建社会中难以为社会和家庭承认，因而事与愿违,初欢即又是永久的分离。显然他们的分离是为形势所迫,并非由于男子的负心,这就愈使她思念不已。暮春时节,落花飞絮,这凋残的景象恰恰触动了往日幽欢幸福与痛苦分离的回忆,令人倍感哀伤。

下片起句"一场寂寞凭谁诉",在词意发展中具有承上启下作用。寂寞的真正原因是不能向任何人诉说的,只有深深埋藏在自己内心深处。于是整个词的下片转入抒写懊悔情绪。作者将它分作三层,逐层铺叙。第一,"算前言,总轻负",是由于她的言而无信,或是伤害了他的情感,未曾交代明白,显然责任在女方。她因此感到自责和内疚,轻易辜负了他的一片情意。第二,"早知恁地难拚,悔不当初留住"。她对此事缺乏经验,当初未考虑到离别后在情感上竟如此难于割舍。因而为未留住他,后悔不已。第三,是因他不仅举措风流可爱,而且品貌端正,远非一般浮滑轻薄之徒可比,实是难得的人物。由此补足了"恁地难拚"的原因。除了这些容易体察的优点外,"更别有、系人心处"。这是只有她才能体验到的秘密而不便于言说的。可见,她由于内疚、难舍和私下喜爱,更感到失去他像失去了人生最宝贵的东西一样。结句"一日不思量,也攒眉千度",本意为每日思量,攒眉千度,却正言反说,语转曲而情益深,如常言口语。全词有头有尾,层次清楚,词意绵密,模拟市井妇女声态毕肖,是一首表现力很强的佳作。

鹤 冲 天

　　闲窗漏永①,月冷霜华堕②。悄悄下帘幕,残灯火。再三追往事③,离魂乱、愁肠锁④。无语沉吟坐⑤。好天好景,未省展眉则个⑥。　　从前早是多成破⑦。何况经岁月,相抛嚲⑧。假使重相见,还得似、旧时么? 悔恨无计那⑨。迢迢良夜,自家只恁摧挫⑩。

① 闲窗:借指幽静的居室。漏永:铜壶滴漏,水声不断。暗喻日长难度。

② 霜华:霜花。唐人白居易《长恨歌》:"鸳鸯瓦冷霜华重。"

③ 追：追忆。

④ 锁：引申义为郁结。

⑤ 沉吟：出神深思。

⑥ 展眉：展开眉头。形容心情坦然或喜悦。则个：犹言些个，一些。

⑦ 早是：本是，已是。破：犹过也。

⑧ 抛躲：同抛躲，舍弃。

⑨ 那（nuò）：语气助词。

⑩ 摧挫：烦恼，嗟叹。

代言体通俗歌词，表述女子困恼矛盾的离情别绪。此词从女性的视角表现一种对待"情变"的新态度。

情变的主题在宋代兴起的市民文学里显得非常突出，不少情变戏将男子的负心提到相当的高度来批判，尤其是对寒士一旦发迹后的情变给予了严厉的谴责。南宋戏文《赵贞女》、《王魁》、《张协状元》等，都是典型。显然，中国社会自进入封建社会后期发展阶段以来，特别是自北宋都市经济发展以来，人们的观念在发生着深刻的变化,而被社会公认的"情不可变"的伦理观念,受到了来自现实生活的无情冲击与破坏。柳词正透露了情变的较早的信息。词中的女子叙述了所经历的一场情变。他们的情感本来早已破裂,又经过许多岁月的分离,互相抛弃,有了定局。然而毕竟旧情难忘,藕断丝连,何况人生何处不相逢? 她设想:假若重相见时,情况会是怎样? 可能是重结旧好,也可能无爱无憎视同路人。对此,她是有清醒认识的,既见到情变的不可避免,又见到情变的现实结局,而对重相见的情况并不乐观。她虽然有些后悔、烦恼,却并不悲苦欲绝、痛不欲生,而是采取冷静客观的现实态度。因此,柳词表达的并非传统的弃妇之哀怨,而是具有独立意识的、争取情感自由的女性所具的一点伤感和念旧的情绪而已。

尾　犯

夜雨滴空阶,孤馆梦回①,情绪萧索②。一片闲愁,想丹青难貌③。秋渐老、蛩声正苦④,

夜将阑⑤、灯花旋落。最无端处,总把良宵,只
恁孤眠却⑥。　　佳人应怪我,别后寡信轻
诺⑦。记得当初,剪香云为约⑧。甚时向、幽闺
深处,按新词⑨、流霞共酌⑩?再同欢笑,肯把
金玉珍博⑪。

① 梦回:梦醒。

② 萧索:心情抑郁寂寞。

③ 丹青:古代常用的绘画颜料。此指图画。貌:此指描绘。

④ 蛩(qióng):蟋蟀。

⑤ 阑:尽,残。

⑥ 却:语助词,用在动词之后,表示完成。

⑦ 寡信轻诺:不讲信用,不实践诺言。

⑧ 香云:喻女子秀发。约:期约。

⑨ 按新词:执拍板歌唱新词。五代后蜀欧阳炯《花间集序》:
　　"则有绮筵公子,绣幌佳人,递叶叶之花笺,文抽丽锦;举纤
　　纤之玉指,拍按香檀。不无清绝之词,用助娇娆之态。"

⑩ 流霞:仙酒,泛指美酒。汉代王充《论衡·道虚》:"(项)曼

都曰：'有仙人数人，将我上天，离月数里而止。……口饥
欲食，仙人则饮我以流霞一杯。每饮一杯，数月不饥'。"
⑪博：换取。

　　唐代诗人杜牧曾因受到政治挫折而纵情声色。他
在扬州牛僧孺幕府时常游青楼；其《遣怀》诗云："落魄
江湖载酒行，楚腰纤细掌中轻。十年一觉扬州梦，赢得
青楼薄幸名。"这是以对青楼女子薄幸而自命风雅。薄
幸，即无情。文人们大致认为与青楼女子的关系是和商
品的等价交换一样，互不相欠，所以这种薄幸态度得到
了当时社会的默认。此后，文人又常在诗词中以前生杜
牧自许。柳永此词是离开京都之后，怀念青楼歌妓之
作。词人与这位歌妓是有真情实感的，其可贵之处是将
她置于与自己平等的地位，并无轻薄的玩弄态度。词的
结构是常见的上片写景，下片抒情。在抒情时，词人表
现出迥异于杜牧等文人的态度。他敢于自责，对自己的
"寡信轻诺"感到内疚和不安；尽管这是由许多社会因
素造成的。他难忘当初分别之际，她曾剪下秀发一绺为

约,但所约终未生效。他期待能够重聚,同她一起浅斟低唱,欢笑愉快。词的结句"肯把金玉珠珍博",即表示愿意用"金玉珠珍"(财钱)来换取她的欢笑。歌妓也具商品属性,因此得服从商品交换的原则。柳永并未忘记这生活的真实。他的愿望何时能实现,连自己也无把握,关键是得有大量的"金玉珠珍"。在词人看来,这是条件,并不影响他们的情感,能因此获得她的情感才是最重要的。

浪　淘　沙

　　梦觉、透窗风一线,寒灯吹息。那堪酒醒,又闻空阶,夜雨频滴。嗟因循①、久作天涯客。负佳人、几许盟言,便忍把、从前欢会,陡顿翻成忧戚②。　　愁极。再三追思,洞房深处,几度饮散歌阑,香暖鸳鸯被,岂暂时疏散③,费伊心力④。殢云尤雨⑤,有万般千种,相怜相惜⑥。　　恰到如今,天长漏永,无端自家

疏隔⑦。知何时、却拥秦云态⑧,愿低帏昵枕,
轻轻细说与,江乡夜夜,数寒更思忆⑨。

① 嗟:叹。因循:本意为依旧不改,此指长期以来如此。

② 陡顿:突然,情况一下子改变。翻成:反成。戚:悲伤。

③ 疏散:分离散开。

④ 费伊心力:犹蒙您劳心费力。

⑤ 殢(tì)云尤雨:喻两性欢爱。殢,滞留。

⑥ 惜:爱惜。

⑦ 无端:无缘无故。疏隔:离别。

⑧ 秦云态:此指美人体态。秦当系指春秋时代秦穆公女儿弄
玉,亦称秦娥。她嫁给萧史,萧史教她吹箫,相传后来夫妻
双双成仙飞升。云态指神话传说中"旦为朝云,暮为行雨"
的巫山神女那样的体态。

⑨ 数:计算。寒更:寒夜的更鼓声。

　　此词是慢词长调,或作《浪淘沙慢》,共一百三十三
字。《词律》分为上下两片;《百家词》本《乐章集》分为

三片,第一片五十八字,后两片各四十字。当依《百家词》本。此是柳永创调之作,即此词调最早所配制的歌词,它对后来词人周邦彦、陈允平等在表述方式和风格等方面都发生影响,因而是柳词名篇。

　　词人于羁旅的环境中抒写绵绵相思之情。词的第一片描述羁旅的凄苦。在江乡的旅舍里,酒醒梦觉之际,寒风将灯吹灭,夜雨滴空阶,不能再入眠。在这特定的环境里,词人深感流落他乡之苦。梦觉、灯息、酒醒、夜雨,这些意象组合在一起,营造出抒情的氛围。由此引发出"负佳人"的情思,抒写负疚之情。主体为什么未践盟言,为什么离别,为什么造成而今的忧戚?其具体内容都被省略了,仅表达由此引起的情绪,词意十分含蓄。第二片是抒写"追思",所思念的是昔日的欢乐。因作者带着负疚的情绪,因而总是记起对方的恩情,感谢她费心劳力的相助和热情的相爱。从"几度饮散歌阑"的情形来看,抒情对象是一位歌妓。在她侑觞献艺结束后,两人才有机会相聚。这隐含着他们分散的社会性因素,而任何一方的自责都反衬出他们对爱情的执着。第三片抒写"如今"的"疏隔"。结尾"知何时、却拥秦云态,愿低帏昵枕,轻轻说与,江乡夜夜,数寒更思忆",这再度显示了长短句表情达意的自由与细致。它似细碎温柔的话语,充满着爱怜的深情,一气呵成,句子结构又很具法度,展示了词人高超的语言艺术。柳词的结构谨严体现在善于剪裁,词意的层次分明、脉络清晰,而且注意词意转换与过渡的关系。词中如"夜雨"、"负佳人"、"再三追思"、"恰到如今",它们都是理解全词脉络与转折的勾勒之处。在这样旅夜环境下思念情人而深感负疚之情,从现实、昔日、未来的时间转换,反复叙述,使之得以完满的表达,足见词人驾驭长调的能力和才华。长调须善于铺叙,此词的第二与第三片的抒情是具体而细腻的,如与情人对面剖诉,叙说家常,一往情深,意境凄迷,达到了很高的艺术境界。

击 梧 桐

香靥深深①,姿姿媚媚②,雅格奇容天与③。

自识伊来,便好看承④,会得妖娆心素⑤。临歧
再约同欢⑥,定是都把、平生相许。又恐恩情,
易破难成,未免千般思虑。　　近日书来,寒
暄而已⑦,苦没切切言语⑧。便认得、听人教
当⑨,拟把前言轻负。见说兰台宋玉⑩,多才
多艺善词赋。试与问、朝朝暮暮,行云何
处去⑪?

① 靥(yè):面颊上的酒涡。

② 姿姿媚媚:姿态娇媚可爱。晋人阮籍《咏怀》:"流盼发姿
媚,言笑吐芬芳。"

③ 天与:自然赋予。

④ 看承:看待,关照。

⑤ 会得:懂得。心素:情愫。

⑥ 临歧:来到岔路口,指分道惜别。唐代高适《别韦参军》诗:
"丈夫不作儿女别,临歧涕泪满衣襟。"

⑦ 寒暄:相见时互道天气冷暖,作为应酬。

⑧ 切切:忧思的样子。

⑨ 认得：能辨认出。教当：教唆，挑拨。

⑩ 兰台宋玉：战国楚文人宋玉《风赋》："楚襄王游于兰台之宫，宋玉、景差侍，有风飒然而至。"此柳永自比宋玉之多才。

⑪ 行云何处：以巫山神女之飘忽，喻女子行踪不定。

宋人杨湜《古今词话》关于柳永此词的本事云：

> 柳耆卿尝在江淮眷一官妓，临别，以杜门为期。既来京师，日久未还，妓有异图，耆卿闻之怏怏。会朱儒林往江淮，柳因作《击梧桐》以寄之曰……妓得此词，遂负愧竭产，泛舟来辇下，遂终身从耆卿焉。

词人以第一人称方式叙述了经历的一次情变。他所认识的这位女子是具特殊丽质的，自从相爱之后，对她总是好好相待，然而也知道她风流轻浮的心性。他在与她分别时曾有期约，而且以平生相许，但已直觉地感到将会有情变的可能。此后发生的事情，果如所料。分别许久，她所寄来的书信，仅仅是问候起居、略表应酬而已,没有只言片语道及情义。词人据此断定她已经负约,如巫山神女一样朝云暮雨,行踪无定了。显然这是一个轻浮的风尘女子,她妖娆易变,不顾情义。由此可见他们的恋情关系本无坚实的基础,两人并非知音,因此如萍踪絮影,易聚易散,谈不上有深厚的情谊。所以即使出现情变,双方也并不悲伤痛苦。只要有一方负约,彼此间的松散同盟就不解而散了。这从一个侧面,反映了宋人情感生活的自由。

夜　半　乐

冻云黯淡天气①,扁舟一叶②,乘兴离江渚。渡万壑千岩,越溪深处③。怒涛渐息,樵风乍起④,更闻商旅相呼。片帆高举。泛画鹢⑤,翩翩过南浦。　　望中酒旆闪闪⑥,一簇烟村,数行霜树。残日下,渔人鸣榔归去⑦。败荷零落,衰杨掩映,岸边两两三三,浣纱游女。避行客、含羞笑相语。　　到此因念,绣阁轻抛,浪萍难驻⑧。叹后约丁宁竟何据⑨？惨离怀，空恨岁晚归期阻。凝泪眼、杳杳神京路⑩。断鸿声远长天暮⑪。

① 冻云：凝结的云团，为下雪的预兆。

② 扁舟：小船。

③ 越溪：浙江会稽山下若耶溪。相传春秋时美女西施曾在此浣纱，故又称浣纱溪。

④ 樵风：若耶溪之风。南宋孔灵符《会稽记》："射的山南有白鹤山。此鹤为仙人取箭。汉太尉郑弘尝采薪，得一遗箭。顷有人觅，弘还之，问何所欲？弘识其神人也，曰：'常患若耶溪载薪为难，愿旦南风，暮北风。'后果然。"

⑤ 画鹢：指船。鹢，水鸟，形如鹭而大，羽色苍白，善翔。古人画于船头，以镇水神。

⑥ 酒斾(pèi)：酒旗。

⑦ 鸣榔：渔人捕鱼，以榔(长木)击船舷，使鱼受惊入网。

⑧ 浪萍：浪中的浮萍，喻漂泊生涯。

⑨ 丁宁：叮咛。何据：无据。

⑩ 神京：京都。此指北宋都城开封。

⑪ 断鸿：离群孤飞的鸿雁。

柳词善于即景抒情。此词第一片和第二片写景，第三片词意急转，忽然抒情，以"到此因念"表示承上启下，故又顺理而自然。从全词结构来看，写景占了大半篇幅，因而在柳词中又颇为特殊。词人怀念京都，并非为功利牵系，而是爽约于红粉知己，欲归不能，故离情苦涩。作者的主观意图固然是表述离情，而作品的客观意义却为我们展现了江南水乡冬日的画面。水乡的冬日虽然不像北方冰天雪地一样荒寂，但也是败荷零落、衰杨掩映、一片凋残，尤其是在日落黄昏、冻云黯淡之时，景象十分凄凉。词人却在这凋残凄凉的氛围中，描绘出繁盛、活跃、热闹的水乡生活，而且使它们彼此协调。水面平静，商人和行客的船舟往来，互相招呼；附近村庄酒旗高挂，居民炊烟袅袅；渔夫收网满载而归；岸边的浣纱女子，三五成群，望着商旅笑语连连。冬日的热闹景象如此，可见水乡经济发达，人们生活富庶。北宋建国以来，致力于休养生息、发展生产，经济得以很快恢复。在柳永创作的时代——真宗和仁宗时期正是宋代升平富庶的盛世。词人柳永在漫游江南时尽管个人失意无聊，却客观地描写了太平盛世中的一个普通的水乡，成了盛世的歌手，弥补了史学家的阙失。此词在章法上甚为后世词学家们推许，以为周邦彦、吴文英等词人的长调，皆得力于柳词。近世词学家陈匪石于《宋词举》论析此词云："若合全篇观之，前段纡徐为妍，为末段蓄势；末段卓荦为杰，一句松不得，一字闲不得，为前两段归结。一词之中兼两种作法。"故此词是很值得学习的典范。

六　幺　令

淡烟残照，摇曳溪光碧①。溪边浅桃深杏，迤逦染春色②。昨夜扁舟泊处，枕底当滩碛③。波声渔笛。惊回好梦，梦里欲归归不得。

展转翻成无寐④，因此伤行役⑤。思念多媚多娇，咫尺千山隔。都为深情密爱，不忍轻离拆。

好天良夕。鸳帷寂寞,算得也应暗相忆。

① 摇曳：此指水波荡漾。溪光：水光。

② 迤逦：曲折连绵,此为陆续之意。

③ 碛：沙石。

④ 翻成：反成。无寐：未入睡。

⑤ 行役：行旅。

　　早春二月江南水乡的黄昏,落日的余晖透过淡薄的烟雾投在碧波里,春水波光荡漾;岸边粉红的桃花与深红的杏花,连绵不断地染画出江南美景。词人捕捉到所见景色的特点,以白描的方式表现出来,对自然景物的色彩最为敏感。黄昏时江上的淡烟是白的,残照是金黄的,溪水是碧绿的,桃花是浅红的,杏花是深红的,它们组合在一起,构成一幅色彩斑斓的丹青画卷,由此渲染出春天的秀美。在此环境中,赶路的词人泊舟岸边,夜来静听波声渔笛。人在图画中,本应享受大自然之美。柳永本应忘记世俗,悠闲地领略大自然之美,但却更看重女性之美,所以念念不忘"多媚多娇"的女子。词的结尾,设想所念者也会珍惜"好天良夕",尤其是在闺中寂寞时,她可能也在暗暗地想念着他。这样处理使词意空灵,而且说明其相思是对应的,故可置江山风月于不顾了。江山风月与女性娇媚都是自然之美,它们于人孰轻孰重呢? 词人是困惑的。

忆　帝　京

薄衾小枕天气①,乍觉别离滋味。展转数寒更②,起了还重睡。毕竟不成眠,一夜长如岁③。　　也拟待、却回征辔④。又争奈⑤、已成行计。万种思量,多方开解,只恁寂寞厌厌地⑥。系我一生心⑦,负你千行泪。

① 衾:被子。

② 展转:辗转。数:计算。

③ 岁:一岁,一年。

④ 辔(pèi)：马缰，借代马。回征辔：意为取消旅行计划。

⑤ 争奈：怎奈。

⑥ 厌厌：恹恹，精神不振的样子。

⑦ 系：牵系。

　　这首小词以日常口语抒写离情，不求优美的诗意，而能深刻地摹写情感的真实，自然而精炼，应是富于特色的柳词佳作。词上片叙述旅夜离情。因时令变暖，已用薄衾小枕，由此忽然触动离情，这样便辗转反侧，难以入寐，细致地表现了失眠之苦。《诗经·王风·采葛》的"一日不见，如三月兮"，"一日不见，如三岁兮"，以夸张的语气表述相思之热切。柳词"毕竟不成眠，一夜长如岁"，则写尽彻夜相思失眠之苦。这一颗失眠之心是为着一个悲剧性的爱情。词的下片记述了离别时的痛苦场面。作者在这里省略了离别的原因，但他们显然是极不愿意的。若仅从感性考虑，他是愿取消此次旅行，而享受团聚之欢乐的；但理智地考虑，却不得不成行。这种矛盾致使相互的开解劝慰缠绵悱恻，从而深刻地表现了双方情感的真挚。他们已经知道,此别之后,也许终无相见之期,一场恋爱也因此宣告终结。这结成的苦果是:"系我一生心,负你千行泪。"真正的爱,最美的爱,总是会遭到造物者的嫉妒,它在现实中的命运是不会长久的;但在有情人的心里,它却是永恒的:一生的心被牢牢系住,一双眼欠下千行的泪。这至情之语,明易深刻,是宋词中的名句。至此,善良的人们不得不发出疑问:为什么有情人常常不能终成眷属?这正是词人没有揭示的社会性原因,其意义是很含蓄的。

倾　杯

　　鹜落霜洲,雁横烟渚,分明画出秋色。暮雨乍歇。小楫夜泊[①],宿苇村山驿[②]。何人月下临风处,起一声羌笛[③]。离愁万绪,闻岸草、切切蛩吟如织[④]。　　为忆。芳容别后[⑤],水遥山远,何计凭鳞翼[⑥]?想绣阁深沉,争知憔悴损、天涯行客。楚峡云归,高阳人散[⑦],寂寞狂踪迹。望京国,空目断、远峰凝碧。

① 楫:船桨。

② 苇:芦苇。

③ 羌笛:管乐器,原出羌族,其制长二尺四寸。唐代王之涣
《凉州词》:"羌笛何须怨杨柳,春风不度玉门关。"

④ 切切:细急的声音。如织:喻音细而密集。

⑤ 芳容:美丽的容貌,借代美貌女子。

⑥ 鳞翼:指鱼和雁。古人以为鱼和雁能传递书信,故借指
书信。

⑦ 高阳:高唐阳台,化用巫山云雨事典。

词的首句"鹜落霜洲",明钞本《百家词》作"木落霜
洲"。晚清词学家谭献以为"耆卿正锋,以当杜诗"(《复
堂词话》)。即以气势而言可与杜诗"无边落木萧萧下"
相比。柳词起句固然很好,但其佳处是在整体结构的委
婉曲折。上片写景可分两个层次:秋江夜宿和听到的
凄厉之声。霜洲、烟渚、暮雨、村驿,由此构成秋江荒寒

之景,引人悲思。而夜间的羌笛声和细碎的蟋蟀声,又加强了悲思,似乎它们也在为离别而叹息。下片抒发离情可分为三层次:思忆、设想、遗憾。思忆别后因空间的阻隔而失去联系,彼此无法互通音讯;设想对方不能理解现实的困难处境,表明并非忘情。这实际已暗示了他们短暂的恋情,在分手时就已结束。遗憾的是现实的结局是梦醒人散,筵席已终,往日的恋情已如楚襄王的高唐之梦,寻来全无痕迹。词的结句表明这是发生在京都的,现在远离京都,于是只能将遗憾永远留在那里了。全词借景抒情,以景结情,以抒情为主线,层次分明,词意极其婉约曲折,而所表达的情感是暧昧的,朦胧的,因此具有空灵的艺术效果。近世词学家们对此词评价很高,把它誉为慢词的典范之作。

凤　衔　杯

有美瑶卿能染翰①。千里寄、小诗长简②。想初裁苔笺③,旋挥翠管红窗畔④。渐玉箸、银

钩满⑤。　　锦囊收⑥,犀轴卷⑦。常珍重、小
斋吟玩。更宝若珠玑⑧,置之怀袖时时看⑨。
似频见、千娇面。

① 染翰:以笔蘸墨,意为有文才。翰,毛笔。晋代左思《咏
　史》:"弱冠弄柔翰,卓荦观群书。"

② 简:书信。

③ 襞:折叠。苔笺:纸名,浅绿色笺纸。

④ 翠管:饰有翠玉的笔。

⑤ 玉箸:书体名,即李斯所作小篆。唐人齐己《谢西川昙域大
　师玉筋篆书》:"玉筋真文久不兴,李斯传到李阳冰。"玉筋,
　同玉箸。银钩:喻书法遒劲。唐人白居易《谢新诗寄微之
　偶题卷后》:"写了吟看满纸愁,浅红笺纸小银钩。"

⑥ 锦囊:锦制之囊。唐人李商隐《李贺小传》:"恒从小奚奴,
　骑距驴,背一古破锦囊,遇有所得,即书投囊中。"

⑦ 犀轴:用犀角制的字画轴。

⑧ 珠玑:珠玉。

⑨ 置之怀袖:《古诗十九首》:"客从远方来,遗我一书札。上
　言长相思,下言久离别。置书怀袖中,三岁字不灭。"

同调词两首为同时所作。从第二首词可见是作于柳永漫游"越水吴山"之时,"强拈书信频频看"即第一首词所说的"小诗长简"。词的抒情对象——瑶卿是京都的歌妓。柳永作品中赠歌妓之词很多,基本上都是赞美她们色艺之作,只有此词赞美瑶卿的文学才华。她能诗能文,书法秀丽遒劲。词人为远在吴越能得到她寄赠的小诗和长信而甚感欣慰,所以特别珍贵,而且想象她展笺挥毫时的才女形态。这位瑶卿可谓词人的红颜知己,他们的情感是很深的。可惜词人未将那首小诗随附词后,且于其他词里也再未提到瑶卿的名字,致使我们研究柳永遗事的这一线索中断了。

西　　施

　　苎萝妖艳世难偕①。善媚悦君怀。后庭恃宠②,尽使绝嫌猜。正恁朝欢暮宴,情未足,早江上兵来③。　　　　捧心调态军前死④,罗绮旋变尘埃。至今想,怨魂无主尚徘徊。夜夜姑苏城外⑤，当时月，但空照荒台⑥。

① 苎萝：苎萝山，在今浙江诸暨南。相传为春秋越国美女西
　施出生地。《吴越春秋》卷九：“乃使相者国中得苎萝山鬻
　薪之女曰西施、郑旦，饰以罗縠，教以容步，习于土城，临于
　都巷，三年学服而献于吴。”注引《会稽志》：“苎萝山在诸暨
　县南五里。”

② 后庭：帝王后宫，为嫔妃与宫女所居之处。恃宠：凭藉
　宠幸。

③ 江上兵来：越国从江上进军，攻灭吴国。

④ 捧心调态：捧着心口，卖弄媚态。《庄子·天运》：“故西施
　病心而矉（颦）其里，其里之丑人见而美之，归亦捧心而矉
　其里。”

⑤ 姑苏城：江苏苏州，别名姑苏，因西南有姑苏山。吴王阖闾
　在山上建姑苏台。吴王夫差和西施常游姑苏台。

⑥ 荒台：古姑苏台遗址，在苏州灵岩山。

　　柳永游吴越时登姑苏台怀古之作。词人创作态度
严肃，对西施的传说于此进行历史的沉思，对传统题材

作了新的发掘。唐代诗人王维的《西施咏》：

> 艳色天下重,西施宁久微? 朝为越溪女,暮作
> 吴宫妃。贱日岂殊众,贵来方悟稀。邀人傅脂粉,
> 不自着罗衣。君宠益娇态,君怜无是非。当时浣纱
> 伴,莫得同车归。持谢邻家子,效颦安可希。

这是批判西施以艳色而改变其卑贱地位,进而获取
君王宠幸,骄奢淫逸终成导致吴国灭亡的祸水。虽然,
此诗寓有现实批判意义,但无论如何,是对历史上的美
女西施给予否定评价的。自来咏西施者不是仅重其美
色,便是视之为祸水,或者以范蠡携之泛舟五湖而羡慕
风雅韵事。柳永却能从爱国主义的政治视角,歌颂西施
为国牺牲的壮烈精神,可见作者被掩没的另一种品质。
在柳永看来,西施的妖艳是绝世的,她为越国复仇而善
于媚悦吴王,能得到宠幸又不致令吴王猜疑,最后迎来
越军的胜利。关于西施的结局,在传说中被美化为越王
灭吴后,她随越国大夫范蠡归隐江湖,使他们的爱情有
一个圆满的了结。柳永却以为西施死于军前,并为之惋

惜和不平。西施的结局是历史上的疑案。从越王诛杀有功的谋臣来看,他是决不容许西施存在的,因她是女祸;而范蠡携西施泛舟五湖亦属不可能,因灭吴之时,西施应是越王关注的对象,很难被范蠡轻易携逃。所以她被越军诛杀于军前是更符合历史真实的,柳永自有其文献依据。这样西施之死与文种之诛,俱是古代奇冤,故词人深深地悼念她的"怨魂"。西施因此是忍辱负重、为国捐躯的英雄人物。她的"捧心调态军前死",绝不同于唐代杨贵妃于兵变中"宛转蛾眉马前死"。她们的妖艳与恃宠有相似之处,但西施有一种高贵的精神,故值得柳永去歌颂。此词应是柳词中一首奇特的杰作,它的意义可惜自来未受到词评家的重视。

双 声 子

晚天萧索,断蓬踪迹①,乘兴兰棹东游。三吴风景②,姑苏台榭,牢落暮霭初收③。夫差旧国,香径没④、徒有荒丘。繁华处,悄无睹,惟闻麋鹿呦呦⑤。　　想当年、空运筹决战⑥,图王取霸无休。江山如画,云涛烟浪,翻输范蠡扁舟⑦。验前经旧史,嗟漫载、当日风流⑧。斜阳暮草茫茫,尽成万古遗愁。

① 断蓬:断根飘飞的蓬草,比喻漂泊不定的生活。

② 三吴:苏州、常州、湖州。

③ 牢落:稀疏散乱的样子。

④ 香径:苏州西南二十余华里灵岩山的采香径。《吴郡诸山录》:"(吴王)阖闾在灵岩山置宫苑;琴台、响屧廊、馆娃宫,复有砚池、玩花池。山前十里有采香径。"

⑤ 麋:鹿的一种。呦呦:鹿鸣声。《诗经·小雅·鹿鸣》:"呦呦鹿鸣,食野之苹。"

⑥ 运筹:策划谋略。《汉书·高帝纪》:"运筹帷幄之中,决胜千里之外。"

⑦ 范蠡:春秋越国大夫。越国为吴国所败,在范蠡的策划下,越国终于战胜吴国。灭吴后,范蠡功成身退,隐遁江湖,远祸保身,后经商致富,时号陶朱公。

⑧ 风流：英俊杰出。此指英雄业绩。

柳永登临苏州郊外灵岩春秋吴国馆娃宫遗址，产生了无穷的人生感慨。他既以悲壮的情绪抒写了西施的"怨魂"，更在词中将历史的沉思扩展为宏大的怀古题材。词人登临正是深秋景物萧索、暮霭稀微之时，江南三吴风光尽收眼底，表现出灵岩苍茫的景象。作者于此词中善作对比。上阕将历史舞台与现在遗址相比。吴国强盛时期，吴王夫差曾在此与西施宴乐歌舞，馆娃宫的响屟廊、琴台、玩花池和采香径的宫女如花，吴国君臣忘情地欢庆着胜利。然而转瞬之间，霸业成空。范蠡佐越灭吴，功成身退，隐于云涛烟浪之间。吴王与范蠡比较，他们谁输谁赢，谁得谁失？历史文献所记载的英雄业绩，又与现实的斜阳暮草形成鲜明的对比。从这些对比，我们能吸收哪些历史教训？什么是"万古遗愁"？词人于此将怀古的主题深化到极致，虽然未作什么结论。

词史上长调怀古之作，当以柳永此词为首创，它对宋词怀古之作产生了深远的影响。我们且看王安石的

《桂枝香·金陵怀古》词的今昔对比,以及"故国秋晚,天气初肃"、"念往昔、繁华竞逐,叹门外楼头,悲恨相续"、"寒烟芳草凝绿"等,表现手法及意象都有柳词痕迹。苏轼《念奴娇·赤壁怀古》的"乱石穿空,惊涛拍岸,卷起千堆雪。江山如画,一时多少豪杰"、"遥想公瑾当年……"其气势与意象都深受柳词影响,甚至"江山如画"乃直用柳永的句子。吴文英《八声甘州·陪庾幕诸公游灵岩》也是吴宫遗址怀古,其"箭径(采香径)酸风射眼,腻水染花腥。时靸双鸳响,廊叶秋声。宫里吴王沉醉,倩五湖倦客,独钓醒醒",在意象与内容方面也深受柳词影响。以上三词,是宋词怀古的名篇,然而长期以来,词学家们却忽略了柳词的开拓意义和对它们的启迪作用。虽然柳词在艺术表现上不如其后三词高超,但思想深度却并不相让。

望　海　潮

东南形胜①,三吴都会②,钱塘自古繁华③。

烟柳画桥,风帘翠幕,参差十万人家④。云树绕堤沙⑤。怒涛卷霜雪⑥,天堑无涯⑦。市列珠玑⑧,户盈罗绮⑨,竞豪奢。　　重湖叠巘清嘉⑩。有三秋桂子⑪,十里荷花。羌管弄晴⑫,菱歌泛夜⑬,嬉嬉钓叟莲娃⑭。千骑拥高牙⑮。乘醉听箫鼓,吟赏烟霞。异日图将好景⑯,归去凤池夸⑰。

① 形胜:地理形势优越。

② 三吴:古地区名。《水经注》以吴郡、吴兴、会稽为三吴。宋代以苏州、常州、湖州为三吴。

③ 钱塘:今浙江杭州。秦置钱唐县,治所在今杭州市西灵隐山麓,隋移今杭州市。唐代加土为钱塘。《淳祐临安志》卷十:"西湖在郡西,旧名钱塘湖。源出于武林泉,周回三十里。"

④ 参差(cēn cī):不齐的样子。此指建筑物高低错落。

⑤ 云树:西湖堤边水雾笼罩的树木。

⑥ 霜雪:喻白色波涛。

⑦ 天堑：天然的堑坑，言其险要不易越过。《南史·孔范传》："长江天堑，古来限隔，虏军岂能飞度。"

⑧ 珠玑：泛指珠宝等贵重物品。

⑨ 罗绮：泛指丝织品。

⑩ 重湖：西湖以白堤分为外湖与里湖。叠巘(yǎn)：重叠的峰峦。

⑪ 桂子：用唐人宋之问《灵隐寺》诗"桂子月中落，天香云外飘"句意。《淳祐临安志》卷八引僧遵式《月桂峰诗序》云："相传月中桂子，尝坠此峰(杭州武林山月桂峰)，生成大树，其华白，其实丹。一说：天圣中，天降灵实于此山，状如珠玑，识者曰此月中桂子也。"

⑫ 羌管：羌笛。

⑬ 菱歌：民间采菱之歌。

⑭ 嬉嬉：嬉戏游乐的样子。莲娃：采莲的姑娘。

⑮ 高牙：高举的牙旗。牙旗，古代大将所用旌旗。此借指仪仗队。

⑯ 异日：他日。图：绘制。

⑰ 凤池：凤凰池，指朝廷台阁。魏晋时，中书省掌管国家机要，接近皇帝，故称凤凰池。

关于此词的本事,杨湜《古今词话》以为是柳永在杭州拜谒孙何之作,宋人及明人杂书多引述此事。此词显为杭州某守帅而作,但却不是为孙何而作。

柳永在这首应酬之作里希望杭州的长官将西湖美景绘制成图,带回朝廷,赢得赞赏,因而全词主要描述杭州繁华富庶的市容和西湖清嘉秀丽的景色。这样,词人不是以谀媚的笔调去颂扬郡守的治绩功德,而是为我们留下了北宋盛世东南大都市风貌的画卷,再现了湖山的自然风光。因而其意义远远超出了文学的范围,获得了更广阔的文化意义。杭州在北宋有近百万人口,豪奢繁华,这在公元十一世纪之初与西欧重要都市相比都是毫不逊色的。北宋京都开封和江南的杭州在世界都市发展史上都居于领先地位。柳永在描绘杭州时把握住了它与湖山景色结合为一体的特点,突出了"烟柳画桥"、"户盈罗绮"、"重湖叠巘"、"菱歌泛夜"的景观,使它在中国都市中自具个性。此词中的名句以"三秋桂子,十里荷花"流传最广,意境也最美。南宋罗大经于《鹤林玉露》卷一云:

此词流播,金主亮闻歌,欣然有慕于"三秋桂子,十里荷花",遂起投鞭渡江之志。近时谢处厚诗云:"谁把杭州曲子讴,荷花十里桂三秋。那知卉木无情物,牵动长江万里愁。"余谓此词虽牵动长江万里之愁,然卒为金主送死之媒,未足恨也。至于荷艳桂香,妆点湖山之清丽,使士夫流连于歌舞嬉游之乐,遂亡中原,是则可深恨耳。

公元1127年北宋的灭亡,公元1161年金主完颜亮渡江南侵,这两件重大历史事件皆不可能由一首歌词引起,柳永对身后之事亦无负责之理。从罗大经所记仅可说明柳词传播之广泛和影响之深远,而且它至今仍属最杰出的古典作品之一。咏西湖之作有了柳永之词和稍后的苏轼之诗,遂使千古之下的文人为之搁笔,真有"眼前有景道不得"的意味了。

竹 马 子

登孤垒荒凉,危亭旷望[①],静临烟渚[②]。对雌霓挂雨③,雄风拂槛④,微收烦暑⑤。渐觉一叶惊秋,残蝉噪晚,素商时序⑥。览景想前欢,指神京,非雾非烟深处。　　向此成追感,新愁易积,故人难聚。凭高尽日凝伫⑦。赢得消魂无语。极目霁霭霏微⑧,暝鸦零乱⑨,萧索江城暮⑩。南楼画角,又送残阳去。

① 危亭:高亭,指词中的南楼。

② 烟渚:烟雾迷濛的水中小洲。

③ 雌霓:虹的一种。虹双出,色彩鲜明者为雄,色彩暗淡者为雌。雄曰虹,雌曰霓。

④ 雄风:雄劲有力之风。宋玉《风赋》:"故其清凉雄风,则飘举升降,乘凌高城,入于深宫。"

⑤ 烦暑:闷热。

⑥ 素商:秋天。古代以五行中之金配秋,色尚白;五音中商属秋;故称素秋或素商。

⑦ 凝伫:出神。

⑧ 霁霭:雨晴后的烟雾。霏微:迷濛的样子。

⑨ 暝鸦：日暮归巢的乌鸦。

⑩ 江城：南楼所在地，或以为指武昌（今湖北鄂州）。

　　在以俚俗著称的柳词里，这首词较为雅致。它虽是词人漫游江南时抒写离情别绪之作，而所表现的景象却雄浑苍凉，所抒发的情绪也极其沉郁。词人所登临之地是古代战争留下的残壁废垒，而且仅是一点遗迹，给人以荒凉之感。作者并未由此引出怀古的幽情，却是将它与酷暑新凉交替之际的特异景象联系起来，抒写了壮士悲秋的感慨。"雌霓"与"雄风"都是雅致和考究的，表现了夏秋之交雨后特有的景象。在孤垒危亭之上、江城烟渚之侧，对这时序的变换是最能感觉到的。词意的发展，以"渐觉"两字略作一顿，以"一叶惊秋，残蝉噪晚"进一步点明时序。柳永很多词里的悲秋情绪都侧重向伤离意绪发展，这与其特殊的生活经历有密切关系，因此他又不免"览景想前欢"了。可是往事已如过眼烟云，帝都汴京遥远难到。上阕的结句已开始从写景向抒情过渡，下阕便紧接写出"想前欢"的心情。柳永这里不像在其他词里那样将"前欢"写得具体形象，而是仅表达目前思念时的痛苦情绪。"新愁易积，故人难聚"是新警之语，很具情感的深度。离别之后旧情难忘，因离别更增加新愁；又因难聚难忘，新愁愈加容易堆积，以致使人无法排遣。"尽日凝伫"、"消魂无语"形象地表现了无法排遣离愁的精神状态，也充分流露出对故人诚挚而深沉的思念。这种情绪发挥到极致之时，作者巧妙地以黄昏的霁霭、归鸦、角声、残阳的萧索景象，来加以衬托和渲染，使离情别绪得以积聚、强化。

作者在词中对景与情的处理表现出高超的艺术才能。上阕写景善于抓住物候时序的变化，描绘了特定时节和环境中的景色，为全词造成抒情的氛围，与主体的心境十分协调。下阕写景突出日暮景色，与前者的"一叶惊秋，残蝉噪晚"遥相呼应，起到以景结情的作用。词的抒情成份安排在上下阕之间，使前后衔接紧密。从景到情，是由景生情的；从情到景，是融情入景的；因而转换之处自然妥帖。词的整体结构以景起而又以景结，显得首尾一贯，完满严密；其中景与情的穿插，又使结构富于变化。此词雅致含蓄,结构精谨,是柳词佳作之一。

轮　台　子

　　一枕清宵好梦,可惜被、邻鸡唤觉。匆匆策马登途①,满目淡烟衰草。前驱风触鸣珂②,过霜林、渐觉惊栖鸟。冒征尘远况③,自古凄凉长安道。行行又历孤村,楚天阔、望中未晓。　　念劳生,惜芳年壮岁④,离多欢少。叹断梗难停⑤,暮云渐杳。但黯黯魂消,寸肠凭谁表?恁驱驱、何时是了。又争似、却返瑶京⑥,重买千金笑。

① 策马:以鞭击马。

② 前驱:驱马向前。珂:马勒上的装饰品。《西京杂记》卷二:"或一马之饰值百金,皆以南海白蜃为珂。"

③ 远况:远行的景况。

④ 芳年:美好年华。壮岁:壮盛之年。

⑤ 断梗：断枝,喻漂泊生活。

⑥ 瑶京：同瑶台,以玉筑成,传说中仙人所居之处。此借指北
　　宋京都。

　　晚唐诗人温庭筠的《商山早行》是被历来选家称道
的作品。其中"鸡声茅店月,人迹板桥霜",清人沈德潜
以为"早行名句,尽此一联"。如就唐诗而言,似可作如
是观。我们若将它与柳词比较,便可见出词可"言诗之
所不能言"者。柳词描述了早行的全过程。鸡鸣即起,
不敢留恋旅舍好梦,有急事得赶路程。从"匆匆策马登
途"来看,可知他独自一人,旅行条件十分艰苦。马行
惊起栖鸟,时候尚很早;经过漫长的古道,行历村庄,天
空犹未见晓色。词的上阕突出了早行之苦,几乎是半夜
过后即起身上路了。词人细致地描述了鸡鸣、起身、登
途、经历,早行之苦自然流露。词的下阕抒写羁旅行役
之情。词人叹息人生最可珍惜的美好年华竟在天涯漂
泊之中度过,而且这种断梗飘萍的生活不知何时才能结
束。作者省略了羁旅的原因,只表达其中的感受,而且

将它诗化了。旅途之苦与京都豪华的生活相比,就倍增其苦,于是重返京都自然成了最大的希望。此词是很典型的羁旅行役之作,集中描述旅况并抒发旅途感受,不枝不蔓,既形象,又空灵,造成最佳艺术效果。它不像柳永此类的其他作品,抒情部分总是追念京都的前欢,因而是很纯粹的精品。

引 驾 行

虹收残雨。蝉嘶败柳长堤暮。背都门[①]、动消黯[②],西风片帆轻举。愁睹。泛画鹢翩翩,灵鼍隐隐下前浦[③]。忍回首、佳人渐远,想高城、隔烟树。　　　几许。秦楼永昼,谢阁连宵奇遇[④]。算赠笑千金,酬歌百琲[⑤],尽成轻负。南顾。念吴邦越国[⑥],风烟萧索在何处?独自个、千山万水,指天涯去。

① 背:背离,离开。都门:国门,京都城门。

② 消黯：黯然消魂,伤情。

③ 灵鼍(tuó)：扬子鳄。体长六尺至丈余,四足,背尾鳞甲;力猛能坏堤岸。皮可制鼓,名鼍鼓。

④ 秦楼谢阁：借指歌楼舞榭。

⑤ 琲(bèi)：成串的珠玉。

⑥ 吴邦越国：古代吴越之地,今江苏与浙江一带。

　　北宋时京都开封的水上交通便利,由汴河入淮河便可直达江浙。柳永困居京华,厌倦了留连坊曲的生活,离开京都去漫游江南,这在此词中得以表述。词写已经乘舟背离国门而去,在此瞬间不禁有许多感慨。他回首在京都的种种艳遇。歌舞场中"赠笑千金,酬歌百琲",实行着等价交换原则,原来笑与歌都是用金钱买来的;那么当金钱用尽时,显然不会再得到了。这里是纯粹的现金交易,什么情感、爱恋之类的东西,统统是不存在的。当黄金散尽,便成轻负。谁辜负谁,无法评说。这也许是柳永离去京都的原因。当他舟行南顾时,江南茫茫,风烟萧索,前途未卜,希望缥缈,但还是要去试一试运气。此行并未给词人带来命运的转机,却促成他写出许多羁旅行役的优美歌词,为宋词开拓了新的题材。

归　朝　欢

　　别岸扁舟三两只①。葭苇萧萧风浙浙②。沙汀宿雁破烟飞③,溪桥残月和霜白。渐渐分曙色,路遥山远多行役④。往来人,只轮双桨⑤,尽是利名客⑥。　　一望乡关烟水隔⑦。转觉归心生羽翼。愁云恨雨两牵萦,新春残腊相催逼。岁华都瞬息⑧。浪萍风梗诚何益⑨?归去来,玉楼深处,有个人相忆。

① 别岸:离别的江岸。

② 萧萧:草木摇落之声。浙浙:风声。

③ 破烟:穿破烟雾。

④ 行役:因服役或公务而在外地奔走,后泛指旅行。

⑤ 只轮:独轮车。双桨:借代船。

⑥ 利名客：趋名求利的人。

⑦ 乡关：故乡。

⑧ 瞬：一眨眼，形容极短的时间。

⑨ 浪萍风梗：浪中的浮萍，风中的草梗，比喻漂流的生活。

　　词写冬日早行而怀念故乡之作，反映了词人漂泊生涯的苦闷情绪。作者惯于即景生情，总是首先很工致地以白描手法描绘旅途景色，创造一个抒情环境。词的上阕前四句以密集的意象，表现水乡冬日晨景的荒寒。江岸、葭苇、沙汀、宿雁，这些景物协调，组成江南雁落平沙的画图。"溪桥"与"别岸"相对，旅人在江村陆路行走，远望江岸，踏过溪桥。"残月"，表示旅人很早即已上路。残月与晨霜并见，点出时节是初冬下旬，与雁落平沙同为应时之景。"渐渐分曙色"为写景之总括，暗示拂晓前后时间的推移和旅人已经过一段行程。这样作一勾勒，将时间关系交代清楚，使词的脉络贯串。"路遥山远多行役"为转笔，由写景转写旅人。由于曙色已分，东方发白，道路上人们渐渐多了起来。水陆往来的人,纷纷逐利求名,行色匆匆。柳永因失意无聊,辗转浪迹江南,也同这一群赶路的人一起披星戴月而行。在柳永许多羁旅行役的作品里经常出现关河津渡、城郭村落、村姑渔父、车马船舶、商旅茅店,展示了较为广阔的社会风情,较客观地再现了现实生活,这是其他许多词人作品里颇难见到的。

虽然水乡晨景有浓郁的诗意,而旅行人却无心领略其美。词的下阕抒写因厌倦羁旅而怀念故乡。"一望"即想望,故乡关河相隔遥远,烟水迷茫,根本无法望见。既无法望见,又不能回去,受到思乡情绪的煎熬,反而产生急迫的渴望心理。对此,词人作了层层铺叙,细致地表达了内心的活动。"愁云恨雨两牵萦"喻儿女离情,像丝缕一样牵系两地;"新春残腊相催迫"是说时序代换,日月相催,残腊甫过,新春又至。客旅日久,岁月飞逝,有年光逼人之感。柳永在一些作品中曾回忆青年时代离家赴京的情形:"追悔当初,绣阁话别太容易"(《梦还京》),"到此因念,绣阁轻抛,萍踪难驻"(《夜半乐》)。他离家时已有妻室了。在入仕之后思念家乡时说:"算孟光争得知我,继日添憔悴。"(《定风波》)词的结尾"玉楼深处,有个人相忆"是设想故乡的妻子多年在家苦苦相忆。柳永一生在思想、生活、情感、仕官等方面都存在难以克服的矛盾,给他带来很多痛苦。此词即表现了追逐利名与归乡的矛盾。词人将日常的白话提炼到精纯的程度,词中出现工整的对偶句,写景与抒情俱较工致,结构匀称完整,体现出长调作品的严谨法度。

玉 蝴 蝶

望处雨收云断,凭阑悄悄,目送秋光。晚景萧疏,堪动宋玉悲凉①。水风轻、蘋花渐老②,月露冷、梧叶飘黄。遣情伤。故人何在?烟水茫茫。　　难忘。文期酒会③,几孤风月,屡变星霜。海阔山遥,未知何处是潇湘④?念双燕、难凭远信,指暮天、空识归航⑤。黯相望。断鸿声里,立尽斜阳⑥。

① 宋玉悲凉：宋玉，战国楚文人。所作《九辩》云："悲哉秋之为气也;萧瑟兮草木摇落而变衰。憭慄兮若在远行;登山临水兮送将归。"后世因此有宋玉悲秋之说。

② 蘋花：多年生浅水草本植物，也称四叶草、田字草。

③ 文期酒会：文人定期约会在一起饮酒和谈论诗文。

④ 潇湘：潇水与湘水，均在湖南，故泛指湖南地区。唐人郑谷《淮上与友人别》："数声风笛离亭晚，君向潇湘我向秦。"

⑤ 归航：归程。

⑥ 立尽斜阳：在夕阳中伫立，直至日落。

　　雅词。悲秋与怀友在词中交织一起。《礼记·乡饮酒义》："秋之为言愁，愁之以时察（杀），守义者也。"秋季是收获的时期，草木凋零，气候转凉。自宋玉抒写"登山临水兮送将归"的悲秋情绪以来，落魄不遇的士人每感事业无成，岁月蹉跎，遂起人生之慨叹。苏轼则说："一年好景君须记，最是橙黄桔绿时。"这是成功人士对于收获感到的喜悦。柳永漫游江南时是触发了"宋玉悲凉"的。士易悲秋，女易怀春。当此之际，士人盼望将平生不快之事向友人倾吐，把酒浇愁。柳词关于悲秋的实质性内容和所怀念故人的情况都被省略了，仅仅抒写一点情绪，并淡化了背景。这从艺术表现来看是很成熟的。作者的抒情集中于瞬间凝望中的感受，从首句"望处"到结尾的"立尽斜阳"，无不表现出怀念故人的深厚之情。抒情主体在羁旅行役之中，故人则海阔山遥，相念而不易相聚，重逢无期。"黯相望"的结果，便是无尽的遗憾与失望。全词的遗憾情绪是深沉而隐微的，故甚受词评家们的赞赏。

柳永用《玉蝴蝶》调作词五首，都是两片，九十九字，换头曲，格律极为严整。如五首词的下片句例：

（1）几孤风月，屡变星霜。海阔山遥，未知何处是潇湘。

（2）三千珠履，十二金钗。雅俗熙熙，下车成宴尽春台。

（3）知名虽久，识面何迟。见了千花，万柳比并不如伊。

（4）亲持犀管，旋叠香笺。要索新词，媻人含笑立尊前。

（5）东篱携酒，共结欢游。浅酌低吟，坐中俱是饮家流。

每例十九字，除三字可平可仄之外，其余十六字的平仄全同；这绝非偶合。柳永是精通音律的词人，他倚声填词，求得声律与音乐的和谐，所以是"当行"的。五首《玉蝴蝶》在《乐章集》中是很典型的，于此可见宋词的法度。

阳　台　路

楚天晚。坠冷枫败叶，疏红零乱①。冒征尘、匹马驱驱②，愁见水遥山远。追念少年时，正恁凤帏③，倚香偎暖。嬉游惯。又岂知、前欢云雨分散。　　此际空劳回首，望帝里④、难收泪眼。暮烟衰草，算暗锁、路歧无限⑤。今宵又、依前寄宿，甚处苇村山馆。寒灯畔。夜厌厌,凭何消遣^⑥?

① 疏红:指稀疏的枫叶。

② 匹马:独自一人骑马。驱驱:策马行进的样子。

③ 凤帏:绣有凤凰图案的帷帐。此借指闺阁。

④ 帝里:京都。

⑤ 路歧:歧路,岔道。宋代俗语又称民间艺人为路歧。柳永
   为民间艺人写作歌词,故有路歧之叹。

⑥ 消遣:消磨,排遣。

　　词人叙述于深秋时节独自乘马羁旅于水乡,从傍晚
行路,直至晚上投宿于江村山庄,抒写了途中的愁绪和
灯畔的寂寞。词人在词中流露出悔恨,因想念在京华的
岁月而不禁伤心落泪。面对眼前如断梗浪萍一样的生
涯,瞻望前程,不觉黯然。这里词人提出了一个人生的
矛盾,即青春的欢乐与事业的成就。唐代诗人白居易
云:"欲留年少待富贵,富贵不来年少去。"(《浩歌行》)
这就是对为了猎取功名富贵而牺牲青春欢乐,最后是未

能富贵又失去所爱之人表示了深深的后悔。柳永青年时代在京都留连坊曲,浅斟低唱,鄙弃功名利禄,追求青春欢乐。到了中年,一事无成,青春与欢乐都成为往事,这才深感虚度年华,蹉跎岁月。当然,古代士人最理想的是少年得意,"洞房花烛夜,金榜题名时",功名富贵与青春欢乐两全其美;但这种幸事毕竟太少。柳永作此词时,"前欢云雨分散",又到了人生途中的一个岔路口,何去何从,甚为彷徨。词人当时未能解答这个人生难题,因为他身处困惑无法破解,面对未来无法预料。

安 公 子

长川波潋滟^①。楚乡淮岸迢递,一霎烟汀雨过^②,芳草青如染。驱驱携书剑^③。当此好天好景,自觉多愁多病,行役心情厌。 望处旷野沉沉,暮云黯黯。行侵夜色^④,又是急桨投村店。认去程将近^⑤,舟子相呼,遥指渔灯一点。

① 长川：指淮河。潋滟：水光波动的样子。

② 一霎：一会儿，极短的时间。烟汀：烟雾笼罩的水边汀洲。

③ 书剑：表示能文能武。唐代诗人孟浩然《自洛之越》："遑遑三十载，书剑两无成。"书和剑为古代文人随身携带之物，又借指文人生涯。

④ 侵：渐进。

⑤ 去程：去路。

　　此词纯写羁旅行役，既不怀人，亦不怀乡，描叙了在淮河舟行一日的过程，词意极为优美。淮河晴昼，河水盈盈，波光荡漾。一番阵雨过后，淮南汀洲一片青翠，春草愈加清新鲜润。水乡给人的感受应是秀美和轻快的，而词人却因长时的行役而心生厌倦。景物与主体情绪形成了巨大的反差，藉以突出旅愁。词的下片再描述景色，使时间的渐渐流逝在景色变换中表现出来。"旷野沉沉，暮云黯黯"是舟行淮河已到日暮时的景象。这时本应投宿了，但为了赶路，继续行舟，直到入夜。"又是"表明一再重复，它使淮河春景难以引起美感，也使投宿村店失去了潇洒的意味,正是"行役心情厌"的原因。全词景色从明丽到灰暗,旅程的漫长与重复,使词人的厌倦情绪逐渐加强,以至于令人压抑。词人却在结尾之处突然描述即将投宿的轻快心情:终于接近行程的终点,埠头上船舶已多,舟子们互相招呼,指着前面的渔灯,那就是归宿之处。整日的行程结束,终于可以憩息一下了。

此词是雅致的,在艺术处理上虽写一日的舟行,却精炼而不松散;又妙在使时间的过渡由景色变换加以体现,显得层次分明;而抒情成分插入写景之中,由景生情,自然协调;结尾则以白描的叙写而含有浓郁的诗情画意,给人以想象的余地。词人善于艺术地再现生活的真实感受,在宋词中达到了较高的境界。

八 声 甘 州

对潇潇①、暮雨洒江天,一番洗清秋。渐霜风凄紧,关河冷落②,残照当楼。是处红衰翠减③,苒苒物华休④。惟有长江水,无语东流。　　不忍登高临远,望故乡渺邈⑤,归思难收⑥。叹年来踪迹,何事苦淹留⑦?想佳人、妆楼颙望⑧,误几回、天际识归舟⑨。争知我、倚阑干处,正恁凝愁。

① 潇潇:形容风雨急骤。

② 关河:泛指山河。

③ 是处:处处。红衰翠减:红花翠叶凋谢衰落。

④ 苒苒:慢慢地。物华:美好的景物。

⑤ 渺邈:遥远迷茫的样子。

⑥ 归思:游子思家之情。

⑦ 淹留:滞留,久留。

⑧ 颙(yóng)望:抬头专注地观望。

⑨ 天际句:化用南朝谢朓《之宣城郡出新林浦向板桥》"天际识归舟,云中辨江树"句和晚唐温庭筠《梦江南》"梳洗罢,独倚望江楼。过尽千帆皆不是,斜晖脉脉水悠悠。肠断白蘋洲"词意。

东坡先生说:"世言柳耆卿曲俗,非也。如云'霜风凄紧,关河冷落,残照当楼',此语于诗句不减唐人高处。"(《侯鲭录》卷七)这是宋人论诗词习用的摘句法。柳词此句描写深秋日暮凄厉衰落的景象,但境界阔大,雄浑苍凉,故苏轼以为它有唐人气象。若从全词来看,正如清代词学家陈廷焯于《词则》眉批所云:"情景兼到,骨韵俱高,无起伏之痕,有生动之趣,古今杰构,耆卿集中仅见之作。"然而此词成功的奥秘主要在于作者确切地掌握了《八声甘州》调的声情特征。

《甘州》是唐代天宝时期河西边地进献的燕乐曲,唐五代人所制之词基本上是激壮苍凉的,表现了边塞曲的声情。柳词上阕写景,下阕抒情,是习见的结构,而此词却写得摇曳多姿,转折变化。造成这种艺术效果是善用虚字和领字,如张炎说:"此等虚字,却要用之得其所。"(《词源》卷下)柳词上阕起字"对"为领字,领两个句子,写出雨后江天的清秋日暮,气象雄浑辽阔。"渐"字领三个四字句,承上而加深秋色的凄厉,将视野扩展开去。"是处"领两句,补足凋零景象。以上三层是递进的表现，层次清楚，逐步深化，突出悲秋的氛围。"惟有"表示转折。长江之水，似并不感到悲秋，永恒地默默流淌。这暗示主体却非长江那样，面临凋残苍凉之秋意而不能无动于衷，由此使下阕的抒情成为必然之势。下阕的"不忍"与"望"两句是矛盾的：既有悲秋情绪，本不宜登临伤怀，但又在"残照当楼"之处，瞻望故乡，突然使思乡之情一发难收。"叹"领两句，是对未能归乡原因的说明，这是对故乡妻子说的。淹留他乡，羁旅行役，自有男儿不得意之隐，极为苦涩。"想"下领两句是转折，揣想妻子此时可能也在妆楼上面对"斜晖脉脉水悠悠，望断白蘋洲"，等待着他的归航。"争知"领结尾两句，转回现实，对妻子表白：他同样在想望她并因此"倚阑"愁苦。全词把悲秋怀乡之情放在悲壮苍凉的秋色中加以抒发，更显出气象辽阔雄浑，情绪沉郁顿挫。而以"对"、"渐"、"是处"、"惟有"、"不忍"、"望"、"叹"、"想"、"争知"等字领起转接，使结构灵活多变，曲折有致，逐步将归思发挥到极境。此调以四字句、五字句、八字句为主，用平韵，声韵平稳，不急不慢；表情抑郁,音韵响亮。自柳词之后,辛弃疾、刘过、吴文英、张炎等著名词人,都用此调赋登临、怀古、感怀、行旅等内容,但从艺术技巧而言,俱难超越柳词。王国维以为它"格高千古,不能以常调论也"(《人间词话删稿》)。此词在长调作品中是最工整的典范之作,为宋词最杰出的名篇之一。

宦游之词

　　北宋明道二年（1033）春天，柳永为了再次参加科举考试，回到了阔别六载的京都。这时的京都比以前更为繁华，而词人却"触目伤怀，尽成感旧"（《笛家弄》），作了《满朝欢》：

> 　　花隔铜壶，露晞金掌，都门十二清晓。帝里风光烂漫，偏爱春杪。烟轻昼永，引莺啭上林，鱼游灵沼。巷陌乍晴，香尘染惹，垂杨芳草。　　因念秦楼彩凤，楚观朝云，往昔曾迷歌笑。别来岁久，偶忆欢盟重到。人面桃花，未知何处，但掩朱扉悄悄，尽日伫立无言，赢得凄凉怀抱。

他曾苦苦思念的歌妓，待去坊曲拜访时，那里早已物是人非，换了沧桑。词人真有"人面只今何处去，桃花依旧笑春风"的感慨。这些风尘女子命薄如花，行迹无定，若曾有一点情感，也随着岁月流逝，往事真如巫山神女之梦，变得虚无缥缈、踪迹难寻了。词人追忆当年的花间尊前，不禁叹惋："别久。帝城当日，兰堂夜烛，百万呼卢，画阁春风，十千沽酒。未省宴处能忘管弦，醉里不寻花柳？岂知秦楼，玉箫声断，前事难重偶。空遗恨，望仙乡，一饷消凝，泪沾襟袖。"（《笛家弄》）因多年的落魄江湖和旧日的声名狼藉，柳永吸取了生活的教训，为使临轩放榜时不再被黜落，只得改变过去的浪漫作风，去适应封建统治阶级的伦理规范，他只能就此告别风月场了。

景祐元年（1034）开科取士。仁宗皇帝诏曰："朕念天下士，乡学益繁而取人之路尚狭，使孤寒栖迟田里，白首而不得进。朕甚闵之。其令南省就试进士诸科，十取其二。"（《太平治迹统类》卷二十八）此年计录进士499人，诸科481人。柳永在这一年终于登第。这时他已四十七岁，可谓"及第已老"。其次兄柳三接亦登第，兄弟两人同榜。关于柳永登第时间，宋人王辟之《渑水燕谈录》卷八以为"景祐末"，吴曾《能改斋漫录》卷十六以为"景祐元年"。明代《嘉靖建宁府》卷十五于"景祐元年甲辰张唐卿榜"所列建州进士中有"柳三变"，并注明"字耆卿，一名永，工部侍郎宜之子"。宋人彭伯川《太平治迹统类》卷二十八记景祐元年三月赐进士及第，录张唐卿以下十五名，内有柳三接，可惜未全录进士姓名，但可证柳永是在此榜。柳永春风得意，作了《柳初新》词描述琼林宴罢，插花走马，遍览皇都的情景，以表达实现多年梦想的喜悦。

宋代士人考中进士即标志踏入仕途，而且不需要多久即可显贵。唐代进士及第之后还得经严格的吏部考试才能授官，有的授官要拖延十年或二十年。宋代进士及第者，立即按考试成绩等第差遣官职。所以，柳永登第后旋即被授予睦州团练使推官而步入仕途。

睦州在浙西，府治建德（今属浙江），辖境相当今浙江建德、桐庐、淳安三地。推官是佐理府务的幕职官，掌理簿书等事。柳永到职后改变了以前的生活作风，勤于职守，显示出办事才干，颇得知州吕蔚的赏识；因而到官才一月余，吕蔚便向朝廷破格举荐。当时的制度不像后来那样严，凡是幕职官及县令等，不限在任三年考绩之后才有被举荐的资格，所以柳永的被荐算是符合规定的。可是他的仕途特别偃蹇，吕蔚的举荐立即遭到朝臣的非议。侍御史知杂事郭劝认为：柳永刚刚释褐入仕，到官不久，并无成绩，吕蔚之荐可能纯出自私人关系。这是景祐元年发生的事。《续资治通鉴长编》卷一一六记载：

> （景祐二年六月）丁巳，诏幕职州县官，初任未成考者，毋得奏举。先是，侍御史知杂事郭劝言："睦州团练推官柳三变，释褐到官才逾月，未有善状，而知州吕蔚遽荐之，盖私之也。"故降是诏。

此诏之后遂成为定制。关于此事，宋人叶梦得记述云：

> 祖宗时，选人初任荐举，本不限以成考。景祐中柳三变为睦州推官，以歌辞为人所称，到官才月余，吕蔚知州事，即荐之。郭劝为侍御史，因言三变

> 释褐到官,始逾月,善状安在,而遽荐论。因诏州县官,初仕未成考,不得举。后遂以为法。(《石林燕语》卷六)

这样,柳永失去了一次升迁的机会,此后多年沉沦下僚。

柳永在睦州任时,在州境内桐庐县桐江作了一首《满江红》(暮雨初收),描绘桐江景色,寄寓了对宦游生活的不满情绪,同时又希望建功立业。此词已可见柳词的表现方式已趋于雅致。离睦州推官任后,柳永又作过昌国县(今浙江定海)晓峰盐场盐监。昌国县本是舟山列岛,唐代开元间置县,属会稽郡。《民国定海县志》卷五云:"舟山列岛,自立县以来至宋端拱二年(989)始立盐场,曰昌国场,曰东江场,曰芦花场,皆在舟山本岛。"宋代张津《乾道四明图经》卷七记柳永曾为晓峰盐场盐官;晓峰盐场在昌国县治西十二里,柳永有《留客住》词刻石于官舍。稍后罗濬《宝庆四明志》卷二十也有相同记载。祝穆《方舆胜览》卷七于庆元府昌国县名宦之下云:"柳耆卿监定海晓峰盐场,有题咏。"盐监掌管盐税、场务及征输等事。柳永任晓峰盐场盐监时,比较了解盐民

的生活,曾作有反映盐民痛苦生活的《煮海歌》七言古体诗,诗存元代冯福京《大德昌国州图志》卷六:

> 煮海之民何所营?妇无蚕织夫无耕。衣食之源太寥落,牢盆煮就汝输征。年年春夏潮盈浦,潮退刮泥成岛屿。风干日曝盐味加,始灌潮波溜成卤。卤浓盐淡未得闲,采樵深入无穷山。豹踪虎迹不敢避,朝阳出去夕阳还。船载肩擎未遑歇,投入巨灶炎炎热。晨烧暮烁堆积高,才得波涛变成雪。自从潴卤至飞霜,无非假贷充馕粮。秤入官中充微值,一缗往往十缗偿。周而复始无休息,官租未了私租逼。驱妻逐子课工程,虽作人形俱菜色。煮海之民何苦辛,安得母富子不贫!本朝一物不失所,愿广皇仁到海滨。甲兵净洗征输辍,君有余财罢盐铁。太平相业尔惟盐,化作夏商周时节。

诗题下原有小序云:"悯亭户也。"宋代沿海生产海盐的盐民称为亭户。《宋史·食货志》:"煮海为盐,……其煮盐之地曰亭场,民曰亭户,或谓之灶户。户有盐丁,岁课入官,受钱或折租赋,皆无常数。"宋代盐税很重,盐法苛刻。盐民受到严重的剥削而陷于困穷,这在宋仁宗时已引起了当局的重视。两浙转运使沈立曾提出"爱恤亭户使不至困穷"的建议,朝廷也"屡下诏书辄及之"(《宋史·食货志》),然而最终都无济于事。柳永的《煮海歌》正是表达了盐民痛苦的呼声。全诗可分三段。第一段描述盐民煮海为盐的艰辛过程:待潮、刮泥、风晒、灌潮、溜卤、采薪、熬煮、收存。作者指出,煮海已成为盐民唯一的谋生手段,所以他们不得不艰辛地劳动。第二段揭露官府对盐民的残酷剥削。盐民在产品未出来时是靠借贷粮食为生的,而产品按规定只能卖交官府,所得的劳动报酬却极其微薄,而借贷的一缗钱往往因盐价太低和高利贷的累增,实际上得偿付十缗钱之价。盐田是要付政府租赋的,于是官租私租两相煎逼,盐民们只得驱使妻子儿女去服劳役。他们的辛劳、借贷、受剥削、穷困饥馑形成一种恶性循环,周而复始。作者对这些面带菜色的劳苦人民深表同情。第三段抒写作者的感慨,他认为国家与人民的关系就像母与子一

样,希望国家富裕而人民也摆脱贫困的境地。为此,但
愿皇恩浩荡,泽及海滨的煮海之民;更愿国家太平、财政
有余而废除国家对盐铁的专卖制度。作者更由盐乃调
料,联想到古代宰执大臣便是起"调料"作用的,"盐"意
双关,那么统治阶级应当注意盐法,使国家达到上古一
样的治世。这首长诗是有深刻的现实意义和人民性的。
由此可见作者一反"淫冶讴歌"之习,写作态度极为严
肃,以冷峻的写实对现实作了批判,表现了远大的政治
理想和宽厚的人道主义思想。清人朱绪曾在《昌国典
咏》卷五里认为此诗"洞悉民瘼,实仁人之言",并作诗
赞云:

> 积雪飞霜韵事添,晓风残月画图兼。耆卿才调
> 关民隐,莫认红腔《昔昔盐》。

这说明《煮海歌》曾经产生一定社会影响。另外柳永在
舟山列岛还作有《留客住》,描述临海远眺、对景伤怀的
情绪。词的意象宏大,境界开阔,甚有艺术特色。

柳永宦游的脚迹还到过关中之地。宋人罗烨《醉

翁谈录》庚集卷二云：

> 柳耆卿宰华阴日，有不羁子挟仆游妓，张大声势。妓意其豪家，纵其饮食。仅旬日后，携妓首饰走。妓不平，讼于柳，乞判执照状捕之。柳借古诗句花判云：自入桃源路已深，仙郎一去暗伤心。离歌不待清声唱，别酒宁劳素手斟。更没一文酬半宿，聊将十匹当千金。想应只在秋江上，明月芦花何处寻？"

据此，则柳永曾经作过华阴县令。华阴（今属陕西），宋代属华州。罗氏所记属于传闻，但《乐章集》中确有柳永曾在华阴西面渭南（陕西渭南，宋时属华州）和长安（陕西西安）的行迹，如"长安古道马迟迟，高柳乱蝉嘶"（《少年游》）、"参差烟树灞陵桥，风物尽前朝"（《少年游》）、"长安古道恨绵绵，见岸花啼露，对堤柳愁烟"（《临江仙引》）、"渭南往岁忆来游"（《瑞鹧鸪》）、"红尘紫陌，斜阳暮草长安道"（《引驾行》）等。他同时作的《少年游》云："狎兴生疏，酒徒萧索，不似去年时。"

柳永长安之行是在入仕之后，浪漫作风已经改变，心情抑郁。因此可证"柳耆卿宰华阴"之说。

宋代官制，文臣分为京朝官和选人两类。选人是任地方职务的初等职官。柳永所任的推官、盐监、县令等职，都属初等职官。选人官阶分为七阶，选人升迁官阶称为"循资"，各级考满，有足够的举荐人，才能磨勘改换为京官。这种由选人进入京官序列的"改官"是非常困难的。柳永入仕以后长期任地方初等职官，算是"久困选调"。他渴望升迁为京官，曾为"改官"之事进行活动。宋人王辟之《渑水燕谈录》卷八云：

> 皇祐中，(柳永)久困选调，入内都知史某爱其才而怜其潦倒。会教坊进新曲《醉蓬莱》，时司天台奏老人星现。史乘仁宗之悦，以耆卿应制。耆卿方冀进用，欣然走笔，甚自得意，调名《醉蓬莱慢》。比进呈，上见首有"渐"字，色若不悦。读至"宸游凤辇何处"，乃与御制真宗挽词暗合，上惨然。又读至"太液波翻"，曰："何不云波澄？"乃掷之于地。永自此不复进用。

《醉蓬莱》词今存。南极星又称寿星或老人星,多见于秋天,旧说主兆天下太平。此词显然是为秋霁老人星现而作。王辟之说它的制作时间是在"皇祐中"。皇祐为宋仁宗年号,共五年(1049—1053)。《宋史·天文志》关于寿星出现的记载恰恰缺仁宗朝的。《宋会要辑稿》瑞异一之二关于仁宗朝寿星出现记有十五次,极不完全,而皇祐中一次也没有。宋人陈师道、杨湜和叶梦得也谈到柳永作《醉蓬莱》之事,却没有说作于何时。宋人阮阅《增修诗话总龟》后集卷三十二,说柳永因作此词"遂忤旨"得罪。北宋中期张舜民关于此事在其《画墁录》卷一中作了补充记述:

> 柳三变既以词忤仁庙(宋仁宗),吏部不放改官。三变不能堪,诣政府。晏公(殊)曰:"贤俊作曲子么?"三变曰:"只如相公,亦作曲子。"公曰:"殊虽作曲子,不曾道'彩线慵拈伴伊坐'。"柳遂退。

当时柳永入仕已多年而仍为选人,因老人星现作庆贺祥瑞之词,通过内都知史某的关系进呈仁宗,希望得到皇帝的赏识。不料这首词触犯了仁宗的忌讳,被视为不吉利之词,以致"吏部不放改官"。柳永升为京官的希望又一次破灭。他感到愤愤不平,因为以自己的资历和才能,都应当磨勘改为京官了,所以特地到政府部门去质问,并求助于宰相晏殊。谁料晏殊不仅没有帮助他,反而讥笑并责备他曾写过如《定风波》"镇相随,莫抛躲,针线闲拈伴伊坐"之类的俚俗之词。这次活动又失败了。柳永作《醉蓬莱》与谒晏殊的时间很近,当时晏殊在宰相之位,故称他为"相公"。皇祐的五年间,晏殊外任河南等地的地方职守,并未在朝。他在相位的时间是皇祐之前的庆历二年至四年(1042—1044)。柳永作《醉蓬莱》当在这三年内。柳永自景祐元年(1034)入仕至庆历四年(1044)已经十年,按宋代选人改京官的规定也应改官了。

这次改官被阻,说明最高统治集团对柳永的印象很不好,对其前程愈加不利了。为了摆脱这种困境,他不得不将原名"三变",改名为"永"。宋人陈师道《后山诗话》云:

柳三变游东都南北二巷，作新乐府，骫骳从俗，天下咏之，遂传禁中。仁宗颇好其词，每对酒，必使侍从歌之再三。三变闻之，作宫词号《醉蓬莱》，因内官达后宫，且求其助。后仁宗闻而觉之，自是不复歌其词矣。会改京官，乃以无行黜之。后改名永，仕至屯田员外郎。

吴曾《能改斋漫录》卷十六亦云："后改名永，方得磨勘转官。"可见柳三变在庆历间谒晏殊之后，终于改名柳永，才得以通过吏部磨勘而改为京官，官至屯田员外郎。后世因此多称柳永为"柳屯田"。清人王士禛《池北偶谈》卷二十一云："予真州诗云：'残月晓风仙掌路，何人为吊柳屯田？'"

屯田员外郎属工部，"掌屯田、营田、职田、学田、官庄之政令，及其租入、种刈、兴修、给纳之事"（《宋史·职官志》）。它的官阶在京官中是最低的，属从六品。这便是柳永一生中的最高仕历了。

自柳永入仕以来，关于他与歌妓的传闻就更多了，以至成了通俗小说和戏剧的一个传奇题材，如柳永与谢天香、朱玉、周月仙、谢玉英,都有风流韵事,分别见载于关汉卿杂剧《谢大尹智宠谢天香》、罗烨《醉翁谈录》、宋元戏文《柳耆卿诗酒玩江楼》、《古今小说》等书,均非史实。但这传闻中的四位歌妓,已不是民间私妓,而是官妓,却正与柳永入仕后的身份与交游相符,可见他在社会上所产生的广泛影响。柳永曾为民间歌妓写过许多词,它们在社会上流传甚广,受到市民喜爱。这些词在流传过程中渐渐被附会上生动的故事,然而其中往往有自相矛盾的地方。例如《击梧桐》词,一说为江淮某官妓而作,一说为江州名妓谢玉英而作。许多词应是柳永当日为流行曲调谱写而供歌妓演唱的,并无具体的抒情对象,只是藉以表达市民的思想情绪而已。后世的传闻虽不真实,却可说明柳永与歌妓的关系极为宋元以来书会先生所注意。在宋元以来的通俗文学中,柳永的事迹、形象、社会背景等,都发生了惊人的变化。

宋王朝重视朝廷命官的社会形象,凡官员与官妓有私情,或到平康坊曲等处游玩,则被定为"逾滥"的罪名,将受到朝廷的惩处。兹从《宋会要辑稿》中摘出以下几条史料：

> 景祐元年三月十七日，右正言刘焕降殿中丞通
> 判磁州。焕初为奉礼部表庄献还政词，词甚峭讦，
> 擢授谏列。未几，并州走马承受张承震言，焕前监
> 并州诸仓，多作违非，颇为逾滥，故被绌。（职官六
> 四之三三）

> 康定元年九月二十四日……诏内外制臣僚与判
> 铨官共同定夺以闻。……（州县初等职官）曾犯逾滥，
> 若只因宴饮伎乐，只应偶有逾滥，须经十年以上后来
> 不曾更犯罪，并与引见。从之。（职官十一之二）

> （熙宁四年）八月二十六日，司封员外郎晏成
> 裕特勒停，经恩未得叙用。坐行检不饬，尝衰服狎
> 游里巷，为御史言而黜之。（职官六五之三七）

仁宗皇帝是务本理道的，惩处逾滥官员于是成为定制，
轻则降职，影响升迁；重则撤职除名，以期朝中官员成为
社会道德规范的表率。此制在北宋中期更为厉行。柳永
入仕之后，所以再也不敢到烟花坊曲等地去游玩了，于是

功名利禄与声色之娱发生了矛盾。他的《尾犯》词云：

> 晴烟幂幂。渐东郊芳草、染成轻碧。野塘风暖，游鱼动触，冰澌微坼。几行断雁，旋次第、归霜碛。咏新诗，手拈红梅，故人赠我春色。　　似此光阴催逼。念浮生，不满百。虽照人轩冕，润屋珠金，于身何益？一种劳心力。图利禄，殆非长策。除是恁、点检笙歌，访寻罗绮消得。

词的下阕纯是说理。词人认为，人生短促，富贵荣华及物质享受，既于自身无所裨益，也非自身的真正需要，均系身外之物。因此贪图官俸利禄并非长久之计，还是应去寻访佳丽。柳永早年在京都与民间歌妓亲密交往，形成一种情结。他入仕后是可以召官妓侍宴歌舞的，也可以广蓄姬妾的，但这些不能满足其情感的需要，因而对之不感兴趣。然而他现在是朝廷命官，受到纪律的约束，不能再去留连坊曲。当他晚年磨勘改为京官，重又回到京都，也曾前去访旧。其《长相思》云：

> 画鼓喧街，兰灯满市，皎月初照严城。清都绛

　　阙夜景,风传银箭,露霭金茎。巷陌纵横。过平
康款辔,缓听歌声。凤烛荧荧。那人家、未掩香
屏。　　　向罗绮丛中,认得依稀旧日,雅态轻盈。
娇波艳冶,巧笑依然,有意相迎。墙头马上,漫迟
留、难写深诚。又岂知、名宦拘检,年来减尽风情。

此词原题"京妓"。她是柳永曾经恋爱过的,现在他夜
间悄悄来到旧处;她风韵依然,有意相迎。柳永却迟疑
了,他爱惜自己的名宦身份,而且往日风情早已消减,于
是便默默离去。他在《透碧霄》词里也表示:"乐游雅
戏,平康艳质,应也依然。仗何人多谢婵娟。道宦途踪
迹,歌酒情怀,不似当年。"他希望托人给京都旧日相好
的歌妓表示谢意,想告诉她:自入宦途,已丧失了当年
情怀。这不是柳永的负心,而是受到社会因素的制约,
亦因时间的推移,脆弱的儿女之情难免会发生变化。柳
永既"谙尽宦游滋味"(《定风波》),厌倦"锱铢名宦"
(《凤归云》),而又"减尽风情"。这两者原是他曾苦苦
追求的,现在对它们失去了原有的兴趣,于是整个人生
变得毫无意义了。我们在词人晚年的作品中见到了退

避社会的意识,例如:

> 岁晚光阴能几许?这巧宦不须多取。共君把
> 酒听杜宇,解再三劝人归去。(《思归乐》)

> 抛掷云泉,狎玩尘土,壮节等闲消。幸有五湖
> 烟浪,一船风月,会须归去老渔樵。(《凤归云》)

中国士人总是徘徊在仕宦与退隐之间:渴望入世,入世后又盼望退隐,而历史上真正的急流勇退者极为罕见。柳永晚年流露出退隐意识,表明他的人生旅程将要结束,再也无力前进了。

柳永不是儒者,没有修身、齐家、治国、平天下的宏伟抱负;他也不是政治家,没有权谋机变的本领和洞察社会本质的眼光。他是一位纯粹的词人,以个人方式去感受现实生活,在歌词里形容盛明,抒写社会新思潮影响下的情绪,创作的时代特色极为鲜明。然而当我们综观《乐章集》,则容易发现许多作品的主题相同,表述形式相似,对现实生活的认识流于肤浅,缺乏积极的进取精神和理想的光照。他追求爱情的欢乐和世俗的利禄,

在两者得到之后,迅即失望而滋生颓废消沉的情绪。这在其宦游之作里表现得非常突出。宦游之词在艺术方面基本上沿袭羁旅行役之词的思维定势,向雅词的道路发展,已丧失了创新的意义。虽然此期仍有一些名篇,但总的趋向是思想的颓废与才华的衰减。《戚氏》是长调巨制之作,最能代表柳永晚年的思想与艺术特点。时人认为:"《离骚》寂寞千年后,《戚氏》凄凉一曲终。"它标志词人的人生道路与文学道路已到了终点。

柳永约卒于北宋皇祐五年(1057),享年约六十六岁。其子柳涚,字温之,登宋仁宗庆历六年(1046)进士第,官至著作郎。其事见于《嘉靖建宁府志》卷十五。关于柳永的葬地,自南宋以来即有几种传说。曾敏行《独醒杂志》卷四云:"葬于枣阳县(湖北枣阳)花山。"祝穆《方舆胜览》卷十一云:"卒于襄阳(湖北襄樊),……葬于南门外。"清初王士禛《池北偶谈》卷二十一云:"仪真县(江苏仪征)西地名仙人掌,有柳耆卿墓。"这位风流才子的传奇故事很多,故葬地亦富于传奇色彩。明代《万历镇江府志》卷三十六关于柳永记述云:

　　永字耆卿，始名三变，好为淫冶之曲。仁宗临轩放榜特绌之，后易名永，登第。文康葛胜仲《丹阳集·陈朝请墓志》云："王安礼守润，欲葬之，藁殡久无归者。朝请市高燥地，亲为处葬具，三变始就窀穸。"近岁水军统制羊滋，命兵士凿土，得柳墓志铭并一玉篦。及搜访摩本，铭乃其侄所作。篆额曰："宋故郎中柳公墓志"。铭文磨灭，止百余字可读，云："叔父讳永，博学，喜属文，尤精于音律。为泗州判官，改著作郎。既至阙下，召见仁庙，宠进于庭。授西京灵台令，为太常博士。"又云："归殡不复有日矣，叔父之卒，殆二十余年云。"

这则记述极为杂乱，所述之事真伪互存，甚令学者困惑。葛胜仲《丹阳集》原本久佚，今本乃从《永乐大典》辑出二十四卷，查无《陈朝请墓志》。然而葛氏所记柳永卒于润州（江苏镇江），此可于宋人叶梦得《避暑录话》卷下得到证实。叶氏云："永终屯田员外郎，死，旅殡润州僧舍。王和甫为守时，求其后不得，乃为出钱葬之。"据此，柳永卒于润州僧舍，葬于州境。王安礼字和甫，王安石之弟。他出守润州是在北宋熙宁七年（1074），此时才由他将柳永安葬。

《镇江府志》谓："近岁，水军统制羊滋，命兵士凿土，得柳墓志铭并一玉箆。"这是何人所述，记载不明。如果以为是葛胜仲所述，葛氏卒于南宋绍兴十四年（1144），而羊滋于乾道五年（1169）任楚州（江苏淮安）兵马钤辖（《宋会要辑稿》食货五十）；所以不可能是葛氏所述。若方志编者于万历所述，则更荒谬了。由此可见此"柳墓志铭"的来历是不清楚的。我们现在读到的这块"地下出土文物"，既无实物，又无摹本，也不见于题录，仅是一则地方文献资料而已。宋代史籍和宋人笔记杂书中关于柳永记述算是较多的，虽然其中杂有不少传闻。根据这些文献，可以确考柳永一生的主要仕历。他曾中进士，初仕为睦州团练使推官，历昌国县盐监、华阴县令，官至屯田员外郎。自来墓志对墓主的仕历记述最详，如数家珍。这块"地下出土文物"也着重记述了柳永仕历，可是所记的没有一点与宋代文献相符，而且其可确考的仕历，偏偏一点也未记述。如果说这是因为残文之故，为何偏偏残缺可考的仕历，而保留不可考的呢？墓志云"叔父讳永"，这也不准确。柳永原名三变，后改名永，为何不提及？这些情形不能不令人怀疑残碑所述文字的真实性。在文献不足的条件下，对此墓志只能存疑了。

柳　初　新

东郊向晓星杓亚^①。报帝里^②、春来也。柳抬烟眼^③，花匀露脸^④，渐觉绿娇红姹^⑤。妆点层台芳榭^⑥。运神功、丹青无价^⑦。　　别有尧阶试罢^⑧。新郎君^⑨，成行如画。杏园风细，桃花浪暖^⑩，竞喜羽迁鳞化^⑪。遍九陌、相将游冶^⑫。骤香尘、宝鞍骄马。

① 星杓(biāo)：北斗星斗柄，由玉衡、开阳、摇光三星组成。
亚：低垂的样子。北斗斗柄低垂，表明天色将晓。
② 帝里：京城。

③ 烟眼：柳眼，柳树芽为烟所罩。

④ 花匀露脸：花瓣沾着露水。

⑤ 姹：艳丽。

⑥ 榭：高台上的敞屋。

⑦ 神功：大自然的神奇创造。丹青：绘画颜料，指彩绘图画，借指美丽的景色。

⑧ 尧阶：帝王宫殿。北宋殿试，据《宋史·选举志一》记载，始于宋太祖乾德六年（968）。

⑨ 新郎君：唐宋时称新科进士为新郎君。《唐摭言》卷三："薛监晚年厄于宦途，尝策羸马赴朝，值新进士榜下，缀行而出。……前导曰：'回避新郎君。'"

⑩ 桃花浪：桃花水。桃花开时，川谷冰泮，波澜盛涨，名桃花汛。宋制科举考试，正月京都礼部考试，三月殿试。时正杏园风细，桃花浪暖。

⑪ 羽迁鳞化：以鸟振羽高飞、鱼跃龙门化而为龙喻考中进士。

⑫ 游冶：此指新科进士在京都宴游。

北宋景祐元年（1034）春，柳永在京都考中进士，作此词。

唐代诗人孟郊在科场屡黜后终于及第,曾怀着狂喜的心情写了《登科后》:

昔日龌龊不足夸,今朝放荡思无涯。春风得意马蹄疾,一日看尽长安花。

柳永及第已老,由于以往多次考试失败,承受过插花走马之梦的一再破灭,过度的失望减低了终于成功后的激动。他没有像孟郊那样的狂喜,而是带着淡淡的喜悦,较为客观地描述新科进士在京都的宴游场面,并隐没了主体。春意正浓,烟景如画,皇都壮丽,这与新进士春风得意心情相应,体现了升平时代朝廷增加了治国的新生力量,社会充满蓬勃发展的生机。孟郊的主观抒情与柳永的客观描绘,都反映了我国唐宋时期,士人曾有过一个公平竞争的机会和为国效力的美好前程。

满　江　红

暮雨初收,长川静、征帆夜落。临岛屿、蓼

烟疏淡[1]，苇风萧索[2]。几许渔人飞短艇，尽载灯火归村落。遣行客、当此念回程[3]，伤漂泊。

桐江好[4]，烟漠漠[5]。波似染，山如削。绕严陵滩畔[6]，鹭飞鱼跃。游宦区区成底事[7]，平生况有云泉约[8]。归去来[9]、一曲仲宣吟[10]，从军乐。

① 蓼：草本植物，披针形叶，秋季开淡绿或淡红色花。

② 苇风：吹拂蒲苇的风。

③ 回程：归乡的路程。

④ 桐江：又名富春江，在浙江桐庐北，合桐溪名桐江，即钱塘江中游从严州至桐庐一段的别名。

⑤ 漠漠：弥漫的样子。唐代韩愈《同水部张员外曲江春游寄白二十二舍人》："漠漠轻阴晚自开，青天白日映楼台。"

⑥ 严陵滩：又名严滩，严陵濑，在浙江桐庐南。其旁山下一室，相传为东汉高士严子陵所居之处，因名。严子陵，名光，会稽余姚人。少与东汉光武帝刘秀同游学。刘秀称帝，严光变名隐姓。刘秀派人寻访，征召到京都洛阳，授谏

议大夫。严光不受,退隐于富春山。今有钓台在其处。

⑦ 区区:微小。底事:何事。

⑧ 云泉约:退隐山林的愿望。云泉,指隐士所居之处。《水经注》卷三十二:"是以林徒栖托,云客宅心,泉侧多结道士精庐焉。"

⑨ 归去来:辞官归田。语出晋人陶渊明《归去来兮辞》:"归去来兮,田园将芜胡不归?"

⑩ 仲宣:王粲(177—217),汉末山阳人,字仲宣,博学多识,文思敏捷。建安初年往依荆州刘表十五年,后归曹操,任丞相掾。建安二十二年从军征吴,途中病卒。曾作《从军诗》五首赞美军功。

此词是《满江红》创调的典范之作,被《词谱》列为此调正体。柳永初仕睦州(浙江建德)时,在州境内桐庐县富春江经严陵滩作此词抒怀。严光是继春秋越国大夫范蠡功成身退、归隐江湖之后,又一隐士的典范,表现了隐士的高风亮节。当人们途经富春江时,不能不对这位高士表示钦慕之情。相形之下,那些陷于名缰利锁之辈,就不能不若有所失了。入仕与归隐自来是中国士人难解的情结：入仕是唯一获取功名利禄的途径，但又违背人的自适之性，于是入仕后即盼望归隐，又因不能归隐而愿望愈益迫切。柳永经严陵滩时，不仅感念这位高士，更表现了内心深刻的矛盾，这种矛盾以古代两位著名文人价值取向的迥异体现出来。其中陶渊明不愿为五斗米而折腰，遂毅然辞官归田以适自然之性，脱离了恶俗的官场；而王粲积极于事功，在战乱的时代找到了个人才能发展的时机，但在争战途中过早地结束了生命。这两位文人对人生道路的选择，是可为古代许多文人效法的，而严子陵的君臣际遇、泥涂轩冕之慨，则非一般文人可企及。所以柳永一旦入仕，即在陶渊明与王粲两者道路的择取上徘徊矛盾，究竟是"归去来"，还是"从军乐"？令其困惑，因而未能作最后决定。此词很巧妙很含蓄地表述了词人的思想真实，亦向士人提出了一个古老的人生选择题。然而此词得以广泛的流传，并非因为作品所具有的思想意义，而在于它所描绘的桐江美景。宋人文莹记述：

　　范文正公（仲淹）谪睦州，过严陵祠下。会吴俗岁祀,里巫迎神,但歌《满江红》,有"桐江好,烟漠漠,波似染,山如削,绕严陵滩畔,鹭飞鱼跃"之句。公曰:"吾不善音律,撰一绝送神。"曰:"汉包六合网英豪,一个冥鸿惜羽毛。世祖功臣三十六,云台争似钓台高。"吴俗至今歌之。(《湘山野录》卷中)

由此可见柳词在民间的影响,《满江红》竟被作为桐庐里巫迎神之曲来歌唱了。

留 客 住

偶登眺①。凭小阑、艳阳时节②,乍晴天气,是处闲花芳草。遥山万叠云散,涨海千里③,潮平波浩渺。烟村院落,是谁家绿树,数声啼鸟。　　旅情悄。远信沉沉,离魂杳杳④。对景伤怀,度日无言谁表⑤?惆怅旧欢何处?后约难凭⑥,看看春又老。盈盈泪眼⑦,望仙乡⑧,隐隐断霞残照。

① 登眺：登临眺望。

② 艳阳时节：指阳光灿烂、景色佳丽的春天。

③ 涨海：海水涨潮。

④ 离魂：精神凝注于人或事而出现神不守舍的状态。

⑤ 谁表：向谁表白。

⑥ 后约：后会的期约。

⑦ 盈盈：泪水盈眶的样子。

⑧ 仙乡：神仙所居之地。此借指歌妓居住之处。

　　柳永任昌国县（浙江定海）晓峰盐场盐监时，于境内舟山列岛观海作此词。词中描绘海潮壮阔气象："遥山万叠云散，涨海千里，潮平波浩渺。"此足可与《八声甘州》的"渐霜风凄紧，关河冷落，残照当楼"相媲美，亦有"唐人高处"。词人的仕途是坎坷的，颇有失意之感，所以海潮的壮观并未激起"江山如画，一时多少豪杰"的感慨，而是开始产生对仕宦的厌倦情绪——"度日无言谁表"。盐监这种官职在现代社会固为"肥缺"，在北宋却是无所作为的低贱官职。这使柳永的才能无可施展,情绪沮丧。他观海时正值三月艳阳天,春天即将归去,联想到春老人亦老。当回顾大半生的得与失时,词人遗憾的并非功业的无成,而是情感的失落。当其入仕以后,此种遗憾是难于表白的,故在词中表述得颇为含蓄。柳永这位风流才子无论在京都和江南,都曾与一些歌妓有深厚的情谊,其间也不乏热烈的恋情。现在他身为朝廷官员,不能再同贱民歌妓保持原来的亲密关系了。所以虽然怀念"旧欢",但已失去联系;虽然曾有海誓山盟的期约,却难以实现,无以凭信;虽然想望昔日的歌楼舞榭,然已鸿爪雪泥,踪迹模糊了。这一切意味着他与昔日的生活——以及青春欢乐的告别。词人为此深深地感到遗憾。人生真正的需要是什么?最宝贵的东西是什么?为什么要将无尽的遗憾留存在现实中?这些都令柳永困惑难解。

塞　孤

一声鸡,又报残更歇①。秣马巾车催发②。

草草主人灯下别③。山路险，新霜滑。瑶珂响、起栖乌④，金镫冷、敲残月⑤。渐西风紧，襟袖凄冽⑥。　遥指白玉京，望断黄金阙⑦。远道何时行彻⑧。算得佳人凝恨切。应念念，归时节。相见了、执柔荑⑨。幽会处、偎香雪。免鸳衾、两恁虚设。

① 残更歇：更鼓声已经停止，表示天色将晓。

② 秣马：喂马。秣，饲料，此作动词。巾车：有帷盖的车。晋人陶渊明《归去来兮辞》："或命巾车，或棹孤舟。"

③ 草草：草率，匆忙。

④ 瑶珂：玉珂，马身上所佩玉饰。

⑤ 金镫：马镫的美称。镫（dèng），马鞍两边用以踏脚的设置。

⑥ 凄冽：凄清寒冷。

⑦ 白玉京、黄金阙：道教以为天帝的天宫，为金玉建筑物。此借指京都。

⑧ 行彻：走完路程。彻，完结。

⑨ 柔荑：软和的茅草嫩芽，用以形容女子手的纤细白嫩。《诗经·卫风·硕人》："手如柔荑，肤如凝脂。"

柳永入仕后曾因改官而到过京都。此词即叙述其前往京都途中的感受。他虽然亦是早行，经过山路，但已乘"巾车"。《孔丛子·记问》："巾车命驾，将适唐都。"《周礼·春官》有掌巾车之官。可见乘坐巾车已是柳永入仕之后了。道途是很遥远的，尚不知何时能走完全程。这次回京是为公事，但它对于柳永似乎不太重要，想象京都的情人已在恨他归期迟了，于是对重逢故人的欢乐幸福场面怀着热切的向往。现在柳永的社会地位改变了，然而和歌妓们的恋爱关系未变，所以如果要相见，那只有"幽会"了。词人的想象很丰富，盼望重温旧梦，可是现实情况的变化已使旧梦难圆。此词从一个侧面表现了作者轻视利禄，重视感情，并在二者之间充满矛盾的真实心态，这也决定了柳永在仕途上注定是不会顺利的。

定 风 波

伫立长堤,淡荡晚风起①。骤雨歇、极目萧疏②,塞柳万株③,掩映箭波千里④。走舟车向此,人人奔名竞利。念荡子、终日驱驱⑤,争觉乡关转迢递⑥。　　　何意?绣阁轻抛,锦字难逢⑦,等闲度岁。奈泛泛旅迹⑧,厌厌病绪。迩来谙尽⑨,宦游滋味。此情怀、纵写香笺,凭谁与寄?算孟光⑩、争得知我,继日添憔悴。

① 淡荡:舒缓荡漾。

② 萧疏:草木凋零稀少的样子。

③ 塞柳:边地之柳。

④ 箭波:喻湍急的流水。

⑤ 驱驱:驱驰,不停奔走。

⑥ 乡关:家乡。

⑦ 锦字:织锦回文,借指妻子寄给丈夫的书信。

⑧ 泛泛:漂浮的样子。

⑨ 迩来：近来。谙：熟悉。

⑩ 孟光：东汉梁鸿之妻。夫妻始耕于霸陵山中，后随梁鸿至
　　吴地。鸿贫困，为人佣工，每至家，孟光为之具食，举案齐
　　眉，相敬如宾。后世以孟光为贤妻的典范。

　　《老子》云："天下熙熙，皆为利来；天下攘攘，皆为
利往。"司马迁在《史记·货殖列传》里引述老子之语后
说："夫千乘之王，万家之侯，百室之君，尚犹患贫，而况
匹夫编户之民乎！"柳永宦游所见真是"人人奔名竞
利"。有名便有利，有利便不患贫。人们遂像被"利"所
驱赶的牛羊，碌碌奔波于人生道上。词人曾多次流露出
鄙视功名利禄的思想，却总是无法挣脱名缰利锁，故仍
终日驱驱道途。宦游的滋味有苦有甘，否则士人都不去
为官作宦了。词人未言宦游之甘，仅言其苦。此苦只有
故乡的贤妻可能理解，或许只有她才能同情。从此词，
我们可见柳永自青年时代离开故乡，即在入仕以后仍常
常思念结发之妻，对于轻抛绣阁、远离乡关总是感到负
愧与遗憾的。

安 公 子

　　远岸收残雨。雨残稍觉江天暮。拾翠汀洲人寂静①，立双双鸥鹭。望几点、渔灯隐映蒹葭浦。停画桡②、两两舟人语。道去程今夜，遥指前村烟树。　　游宦成羁旅。短樯吟倚闲凝伫③。万水千山迷远近，想乡关何处？自别后、风亭月榭孤欢聚。刚断肠④、惹得离情苦。听杜宇声声⑤，劝人不如归去。

① 翠：翠鸟之羽，可作妇女妆饰。

② 画桡：画船。

③ 樯：船帆柱，即桅杆。

④ 刚：正。

⑤ 杜宇：古蜀帝名。帝死后魂化为杜鹃，后人因名杜鹃为杜宇。杜宇又名子规，鸣声哀怨悲切，如在说"不如归去"。

　　水乡夜泊。词人描绘出入夜时水乡寂静之美。雨后江上日暮,天色特别黯淡;汀洲闲立着归宿的鸥鹭,无人惊动它们;远处的渔火隐约闪烁在蒲苇之间。江天辽阔,淡远,幽寂,荒寒,这是江南水乡夜景的独特之美。在此环境中,投宿村店的旅人是会感到寂寞,引起旅愁的。此时词人之愁并非漫游江南的羁旅行役之愁,而是"游宦成羁旅"之愁。"游宦"是离家在外做官;"羁旅"则是作客他乡。这二者虽皆谓主体在他乡,但社会地位却大不相同。然而在词人的感受中,展转于州县地方初等职官,实与客寄无异,因此表示对仕途抱着极大失望。因失望才生思乡之情,连杜鹃鸟也似在声声劝说宦游者"不如归去"。此情固可理解,官位决不可轻失,所以柳永终未成归计。

迷 神 引

　　一叶扁舟轻帆卷。暂泊楚江南岸①。孤城暮角②,引胡笳怨③。水茫茫,平沙雁④,旋惊散。烟敛寒林簇⑤,画屏展。天际遥山小,黛眉浅⑥。　　旧赏轻抛⑦,到此成游宦。觉客程劳,年光晚。异乡风物,忍萧索,当愁眼。帝城赊⑧,秦楼阻⑨,旅魂乱。芳草连空阔,残照满。佳人无消息,断云远。

① 楚江:长江流经古楚地的一段,今湖北一带。

② 暮角:日暮军中吹奏的画角,声甚悲凉。

③ 胡笳怨:东汉末年女诗人蔡琰作《胡笳十八拍》诗,一章为一拍,抒写异域之哀怨。

④ 平沙雁:平旷的沙岸,有大雁落宿。古琴曲有《平沙落雁》。

⑤ 簇:丛聚成团。

⑥ 黛眉浅:喻山色。黛,青黑色。

⑦ 旧赏:旧日知音。

⑧ 赊:遥远。

⑨ 秦楼:借指歌楼。

楚江泛指楚地某处之江,柳永宦游经此。舟人将风帆收卷,靠近江岸,作好停泊准备。"暂泊"表示天色已晚暂且止宿,明朝又将继续舟行。作者以铺叙的方法对楚江暮景作了富于特征的描写,产生画面似的效果,给人以如临其境之感。傍晚的画角声本已悲咽,又是从孤城响起,这更使旅人平添几多寂寞。这时茫茫江水、平沙惊雁、漠漠寒林、淡淡远山,都被笼罩在一片悲咽的角声里。词的上阕写景,下阕抒情。"旧赏轻抛"突然转入抒情,暗示其抒情对象是昔日的知音。在荒寂的水乡之夜,词人抑止不住对佳人的思念,遂将此情逐层拓展开去。途程劳顿,蹉跎岁月,帝都遥远,前欢难续;这些都是由于当时为了仕宦而产生的结果。词意充满悔恨之情。"旧赏"与"游宦"二者不可得兼,而现在二者俱失。我们在柳永后期词作里常常见到对仕途的厌倦和对早年生活的留恋,其内心是非常矛盾和痛苦的。这也间接地反映了封建社会里士人不满现实的情绪。此词上、下两阕将写景与抒情截然分开,似不相连,却又有情景中的内在关系。上阕的"暂泊",下阕的"游宦"都点出主旨,并继之以铺叙性的描写。两处结尾因前有提示而不再收束,富于形象,有似结非结之感。从作者明晰简捷的艺术布局,可见其依曲填词的娴熟技巧。

少 年 游

　　参差烟树灞陵桥①。风物尽前朝②。衰杨古柳,几经攀折,憔悴楚宫腰③。　　夕阳闲淡秋光老④,离思满蘅皋⑤。一曲阳关⑥,断肠声尽,独自凭兰桡⑦。

① 灞陵桥:灞桥,在长安城东(陕西长安东),古人送客至此,折柳赠别。唐代李白《忆秦娥》词:"年年柳色,灞陵伤别。"

② 风物:风光景物。前朝:以往的朝代。

③ 楚宫腰:古代楚国国王喜爱细腰女子,于是宫中妃嫔不惜忍饥挨饿使自己腰细以获宠幸。《韩非子·二柄》:"楚灵王好细腰,而国中多饿人。"此借指柳枝。

④ 闲淡:形容夕阳光微弱的样子。

⑤ 蘅皋:长满蘅芜(香草)的水边高地。三国曹植《洛神赋》:"尔乃税驾乎蘅皋,秣驷乎芝田。"

⑥ 阳关：唐代王维《渭城曲》又名《阳关三叠》，古人用作送别
  之曲。白居易《对酒诗》："相逢且莫推辞醉，听唱阳关第
  四声。"

⑦ 兰桡：借指兰舟。

　　汉代都城长安东门外的灞桥边柳色如烟，都城人送
别亲友至此，多折柳枝相赠。此后折柳赠别成为我国民
俗，故南朝范云有"春风柳线长，送郎上河桥"之句。唐
人此风更甚，白居易《杨柳枝》云："人言柳叶似愁眉，更
有愁肠似柳丝。柳丝挽断肠牵断，彼此应无续得时。"
李商隐《杨柳枝》云："含烟惹雾每依依，万绪千条拂落
晖。为报行人休尽折，半留相送半迎归。"人们以为柳
枝可以系住离人的情感，"昔我往矣，杨柳依依"，使勿
相忘。柳永宦游的足迹曾到过渭南等地。此词抒写在
长安的离别，感受到汉唐人们折柳赠别的诗情画意。灞
桥的风光景物依旧如汉唐时代；柳树亦是古人所种，虽
已衰残；送别之曲仍是千古绝唱《阳关三叠》；行人又在
此时空重叠处依依离别。现实的感觉已沉没于怀古的

幽情之中,离别竟是永远重复的文学主题。如果说此词是抒写离情的,不如说是怀古之作。因此柳永写得特别严肃而感慨悲凉,留下了历史的沉思。

凤 归 云

　　向深秋,雨余爽气肃西郊①。陌上夜阑,襟袖起凉飙②。天末残星,流电未灭③,闪闪隔林梢。又是晓鸡声断,阳乌光动④,渐分山路迢迢。　　驱驱行役,苒苒光阴⑤,蝇头利禄⑥,蜗角功名⑦,毕竟成何事,漫相高⑧。抛掷云泉,狎玩尘土⑨,壮节等闲消。幸有五湖烟浪⑩,一船风月,会须归去老渔樵⑪。

① 肃:清静。

② 凉飙:凉风。

③ 流电:流星的闪光。

④ 阳乌:太阳。古代神话以为太阳中有三脚金乌,因以乌借

代太阳。

⑤ 苒苒:荏苒,渐渐流逝。

⑥ 蝇头:喻细小之物。

⑦ 蜗角:喻微小之处。苏轼《满庭芳》词:"蜗角虚名,蝇头微利。"表示对功名利禄的鄙视。

⑧ 相高:以在一般人之上而夸示。

⑨ 狎玩:戏弄。尘土:喻世俗和官场。

⑩ 五湖:太湖及周围湖泊。

⑪ 渔樵:打渔砍柴,喻隐居江湖。

　　词表述对行役的厌倦。上阕特意描述晚宿早行的单调重复,下阕换头即发出虚度时光与丧失自由的感叹;继之表述归隐江湖之志。作者言志,分为三个层次。第一,在他看来,功名利禄如蝇头蜗角微不足道,因他实未建立显赫的功业,仕途偃蹇之故。仕宦如果仅得到一点微小利名,那就更不值得夸示,而应加舍弃了。第二,为官作宦,无异于游戏人生,沉沦世俗,以致抛弃林泉,使壮志消磨。第三,感到庆幸的是尚有江湖风月,等待他去作个闲人。因有以上理由,归隐之志是很坚定的。这是词人柳永后期最明确的价值取向的改变,而且以议论的方式表达了鄙视利名的观念。当年他作《鹤冲天》时是愿"把浮名、换了浅斟低唱",现在他谙尽人生,饱经风霜,不再向往偎红依翠、沾粉惹酥的浪漫情趣了,他需要的是身心的憩息,于是便只留下一条归隐之路可供选择。

醉　蓬　莱

渐亭皋叶下①,陇首云飞②,素秋新霁。华阙中天③,锁葱葱佳气④。嫩菊黄深,拒霜红浅⑤,近宝阶香砌。玉宇无尘⑥,金茎有露⑦,碧天如水。　　正值升平,万几多暇⑧,夜色澄鲜,漏声迢递。南极星中,有老人呈瑞⑨。此际宸游⑩,凤辇何处⑪,度管弦清脆。太液波翻⑫,披香帘卷⑬,月明风细。

① 亭皋:临水平地。

② 陇首：山头。

③ 华阙：华丽的宫殿前门楼。

④ 葱葱：美好旺盛的样子。

⑤ 拒霜：木芙蓉花的异名。

⑥ 玉宇：天空。

⑦ 金茎：擎承露盘的铜柱。汉武帝迷信神仙，于神明台上作
   承露盘，立铜仙人舒掌以承甘露，和玉屑饮之，可以延年。

⑧ 万几：即万机，指古代帝王日常繁杂的政务。《尚书·皋陶
   谟》："兢兢业业，一日二日万几。"此以为帝王当戒慎危惧，
   以理万事之机。

⑨ 老人呈瑞：南极星，亦称南极老人。古代迷信以为南极星
   出现，天下太平。

⑩ 宸（chén）游：帝王巡游。宸，北极星所在处，后借指帝王
   所居，或用作帝王的代称。

⑪ 凤辇：帝王所乘车驾。

⑫ 太液：宫苑池名，汉唐皆有。

⑬ 披香：宫殿名，汉代、六朝皆有。唐代上官仪《初春》："步
   辇出披香，清歌临太液。"

北宋仁宗庆历间（1042—1044），秋日南极星现。柳永特作《醉蓬莱》歌颂天下升平，希望得到仁宗皇帝的赏识。进呈之后，仁宗读到"宸游凤辇何处"，竟与御制真宗挽辞相同，又读到"太液波翻"，更以为不吉利了。柳永企图以谀颂而进用的愿望因此落空。但此词却在一定程度上表现了北宋的盛世。作者因进呈帝王而制词，意在歌颂祥瑞，因而观察现实的角度受到很大限制。秋霁、佳气、升平、管弦、太液、披香，都集中描绘富庶祥和的环境，夸饰帝都宫殿的壮丽，渲染太平的瑞兆。这已远远偏离了社会的真实，而成为溢美之作。然而北宋的太平盛世，也应有此词作为点缀，所以仍有其文化意义。

戚　　氏

晚秋天。一霎微雨洒庭轩①。槛菊萧疏，井梧零乱惹残烟。凄然。望江关②。飞云黯淡夕阳间。当时宋玉悲感，向此临水与登山③。

远道迢递,行人凄楚,倦听陇水潺湲④。正蝉吟
败叶,蛩响衰草,相应喧喧⑤。　　孤馆度日如
年。风露渐变,悄悄至更阑。长天净、绛河清
浅⑥,皓月婵娟⑦。思绵绵。夜永对景,那堪屈
指,暗想从前。未名未禄,绮陌红楼⑧,往往经
岁迁延⑨。　　帝里风光好,当年少日,暮宴朝
欢。况有狂朋怪侣,遇当歌、对酒竞留连。别
来迅景如梭,旧游似梦,烟水程何限⑩。念利
名、憔悴长萦绊。追往事、空惨愁颜。漏箭
移⑪、稍觉轻寒。渐呜咽、画角数声残。对闲窗
畔,停灯向晓,抱影无眠。

① 庭轩:厅堂前的平台。

② 江关:江河关山。

③ 临水与登山:化用宋玉《九辩》"憭慄兮若在远行,登山临
　　水兮送将归"句意。

④ 潺湲:水流貌。屈原《九歌·湘夫人》:"荒忽兮远望,观流
　　水兮潺湲。"借作流水声。

⑤ 喧喧：混杂的声音。

⑥ 绛河：银河。

⑦ 婵娟：美好的样子。

⑧ 绮陌：华丽的街道。红楼：指歌楼舞榭与豪华宾馆。

⑨ 迁延：拖延，迟留。

⑩ 烟水程：水道里程。

⑪ 漏箭：古代计时器漏壶的部件，刻有节文，随水浮沉以计
    时。亦泛指时间。

　　此词212字，是宋词中第一个使用这样大容量的长
调。它仅次于后来出现的《胜州令》（214字）和《莺啼
序》（240字）。词写旅舍感怀，宛曲回环，结构较为复
杂。它是词人晚年对一生的总结，浸透着悲苦凄凉的情
感。全词三叠，抒写从黄昏到天明的思绪情怀，虽是以
时间为顺序展开铺叙，却将往昔、现实、写景、抒情、叙
事，迭相交互，回环往复，笔势波澜曲折，声韵谐美，意脉
清晰。第一片写旅舍远眺深秋暮色，突出壮士悲秋之
意。第二片写夜半天净月明，愁人难寐，感念生平，哀叹

韶华虚掷，一事无成，心境迟暮。第三片追忆青年时代在都城的狂放生活，忽生感慨，以"况"、"念"、"渐"、"对"等领字表现思绪反复萦绕，以致彻夜不眠。词的结构很有层次，富于变化，而前后勾连又极为谨严。

柳永在总结人生时深感"未名未禄，绮陌红楼，往往经岁迁延"，真是往事不堪回首，留下无尽遗憾。这是他晚年从传统文化观念出发对自己所作的评价，并未涉及这种生活在文学上的意义，否则他应该为自己能因此走上通俗歌词创作的道路而感到庆幸。南宋初年词学家王灼引述前辈的话说："《离骚》寂寞千年后，《戚氏》凄凉一曲终。"（《碧鸡漫志》卷二）这可见《戚氏》曾受到当时人们的重视，以为其凄凉悲怨的情调，可以上继屈原的伟大作品《离骚》。当然《戚氏》的体制与思想，都不能与《离骚》相比，却不失为自悲身世的宋词名篇。

后　记

　　自二十世纪八十年代之初,我从事词学专业研究以来,宋代著名词人柳永似与我最有缘分。1985年上海古籍出版社约我为《中国古典文学基本知识丛书》写《柳永》,这虽然困难,但我甚有兴趣,终以三个月时间黾勉完稿。时过十五年,上海古籍出版社又约我编《柳永作品选评》,以纳入《新世纪文史哲经典读本》丛书。因选题甚有创意,结构新颖,规模适度,虽是普及读物却含有一定学术价值,又因我有多年学术研究与资料的积累,自有驾轻就熟之感,故愉快地接受了。这好似从逻辑的起点走到终点,形成一种回归,当然绝非简单地重复,而应是在另一层面上了。

　　在为时近三个月的写作过程中,重新解读柳词,又有某些新的认识与收获。兹编若与《柳永》从学术意义比较而言，自以为有如下几点：

（一）关于柳词表达新兴市民阶层的思想情感，当时我是不自觉地模糊地意识到的，在九十年代后期完成《中国市民文学史》后，现在表述这点则有历史与理论的依据了。

（二）原将柳永的创作分为前期和后期，现在分为四个阶段进行探讨，使其每阶段的创作特色愈益鲜明，而其创作发展过程的历史经验亦因此突出了。

（三）柳永歌颂盛世之词在特定历史文化条件下得到了肯定，对其表达市民情绪的代言体通俗歌词的思想意义与艺术创新给予了高度的评价，其羁旅行役之词于题材的开拓与艺术的成就得到进一步的阐释。

近二十年来，关于柳词的研究取得了巨大的成就，同时又渐渐陷于新的困境。当此编完稿时，我竟发现了一些新的学术问题，已寻觅到线索，引起我浓厚的兴趣，有待慢慢再去探索。这真是始料未及的。

此编属于普及读物，凡有关学术争议意见，恕不一一征引与辨析。此编采用了唐圭璋、林新樵、龙建国等词学界师友的某些观点,亦未一一注明,谨于此表示谢忱。凡稿中疏漏与错误之处,敬祈读者教示。

谢桃坊

2001 年 6 月 7 日于

四川省社会科学院文学研究所

《中国古代文史经典读本》（文学类）书目

诗经楚辞选评／徐志啸撰

古诗十九首与乐府诗选评／曹旭撰

三曹诗选评／陈庆元撰

陶渊明谢灵运鲍照诗文选评／曹明纲撰

谢朓庾信及其他诗人诗文选评／杨明、杨焄撰

高适岑参诗选评／陈铁民撰

王维孟浩然诗选评／刘宁撰

李白诗选评／赵昌平撰

杜甫诗选评／葛晓音撰

韩愈诗文选评／孙昌武撰

柳宗元诗文选评／尚永亮撰

刘禹锡白居易诗选评／肖瑞峰、彭万隆撰

李贺诗选评／陈允吉、吴海勇撰

杜牧诗文选评／吴在庆撰

李商隐诗选评／刘学锴、李翰撰

柳永词选评／谢桃坊撰

欧阳修诗词文选评／黄进德撰

王安石诗文选评／高克勤撰

苏轼诗词文选评／王水照、朱刚撰

黄庭坚诗词文选评／黄宝华撰

秦观诗词文选评／徐培均、罗立刚撰

周邦彦词选评／刘扬忠撰

李清照诗词文选评／陈祖美撰

辛弃疾词选评／施议对撰

关汉卿戏曲选评／翁敏华撰

西厢记选评／李梦生撰

牡丹亭选评／赵山林撰

长生殿选评／谭帆、杨坤撰

桃花扇选评／翁敏华撰